今夜も浮気妻と……。

草凪優

双葉文庫

目次

第一章　女帝の秘密

1

誰にも言えない黒い秘密というものが、人にはたいていあるものだ。

保身のためについた嘘から身の丈を超えた借金まで――中でももっとも身近にして陥りやすいのは、セックスがらみではないだろうか？　好きになってはいけない相手を好きになり、手を出してはいけない相手にほど欲情してしまうのが、人間という生き物なのかもしれない。不倫、浮気、婚外恋愛――人が集まるところで、その手の噂を耳にしなかったことはない。

（まあ、俺の場合、そんなの関係ないけどな……）

難波《なんば》順平《じゅんぺい》は缶ビールをぐびりと飲んだ。キンキンに冷えていて喉越しは最高でも、飲んだあとには溜息しか出てこない。

順平は自室の布団に寝転んで、ＡＶを観ていた。おっさんと人妻のＷ不倫ものだ。女優は三十代後半で熟女に分類されるだろうが、最近の熟女は美しい。顔が綺麗なだけではなく、スタイルが抜群なだけでもなく、白い餅肌をじっとりと汗ばませて、本気のセックスを赤裸々に披露してくれる。よがりまくりのイキまくり、整った顔をくしゃくしゃに歪めて絶頂をむさぼりながら、いまにも白眼まで剝きそうだ。

(すげえな……)

自分もこんな燃えるようなセックスがしてみたい、と心から思う。しかし、不倫をするためには結婚しなければならず、結婚するためには恋愛をしなければならず、恋愛するためには出会いが必要——そう考えると、溜息は深くなっていくばかりだ。

順平は今年、三十三歳になった。男盛りと言っていい年齢だが、女運にすっかり見放されている。不倫はおろか、結婚なんて夢のまた夢、いまの生活を続けていては恋愛相手を探すことすら難しそうだ。

(恋愛弱者はオナニーでもしてろってことか……)

心は冷たく冷えきっていても、お気に入りのAVを観ていれば股間が熱くなってくるのが健康な男子というものである。女運には見放されっぱなしでも、このところAVは当たりばかり引いているから、禍福《かふく》はあざなえる縄のごとしか。

画面の中の熟女AV女優は四つん這いになってよがりによがり、獣じみた嬌声を撒き散らすことをやめない。これほど清楚な美女がなぜ？　と首をかしげたくなるほどのいやらしさである。すでにフル勃起中のイチモツは硬くなっていくばかりで、順平はたまらずズボンとブリーフをさげてオナニーの準備を整えた。

二年前まで、順平は東京渋谷のカフェバーでバーテンダーをしていた。

地元の高校を卒業すると、「花の大東京に店をもつ」という野望を胸に上京し、盛り場のバーで働くようになった。都会の夜は刺激がいっぱいで、神様にありがとうと両手を合わせたくなるような棚ぼたセックスにありついたことも何度かある。とはいえ、セフレはできても恋人はできず、店をもつほど金は貯まらず、働き場所を転々と変えて東京砂漠をさすらっているうちに月日だけが流れていった。

そんな生活に見切りをつけたのが、三十一歳のときだった。順平は早くに両親を亡くしており、祖母によって育てられた。その祖母が亡くなってしまったのを機に、地元である北関東の某地方都市に帰ることにしたのだ。

順平には兄弟がなく、親類縁者もいなかったので、祖母の遺産はすべてひとりで受け継いだ。といっても、わずかばかりの現金の他に、祖母が投資用に買い求めたマンションが一棟あるだけだった。いちおう鉄筋コンクリート造だが、四階建てで十戸というささやかな規模なので、アパートに毛が生えたようなものである。しかも、駅から遠いから空室ばかりの状況であり、家賃収入で悠々自適の生活を送ることはとてもできそうもなかった。

それでも、東京でろくに貯金もできなかった順平にはありがたい話だった。賃貸マンションとしての価値は低くても、昨今流行《はや》りの民泊施設にしてみてはどうかと閃《ひらめ》いた。

そのマンションは駅からは遠くても、地域随一の観光地であるテーマパークには近いのだ。江戸時代の武士や忍者をテーマにしていることから外国人観光客に人気があり、民泊施設をつくればインバウンド需要が見込めそうだった。

一念発起した順平はたったひとり、一年の歳月をかけてＤＩＹで賃貸マンションを民泊施設に生まれ変わらせた。民泊施設は賃貸マンションより利益率が高いし、ホテルと違って手がかからない。部屋の掃除などはするにしろ、フロント業務の必要はなく、すべてはメールのやりとりで完結する。料金はオンライン決済だし、宿泊者にはセルフチェックインをしてもらい、鍵は電子キーのナンバーを教えるだけでOKなのだ。

素人くさい目論見《もくろみ》だったにもかかわらず、順平は外国人観光客の集客に成功した。といっても、左団扇《ひだりうちわ》で暮らせるほどではなかったので、コンビニでアルバイトもしている。自転車で二十分かかるそのコンビニ周辺にも、自宅のまわりにも夜遊びできるようなところがないから、東京にいたころと比べればずいぶんと地味な生活になってしまった。

（女、欲しいなあ……）

生活は安定し、将来に対する経済的不安が多少薄れたとはいえ、午前中は各部屋の掃除で、午後はコンビニにバイトに行くだけの単調な毎日。そんな生活を彩るために彼女をつくりたくても、地元には若い独身女性が極端に少なく、順平の同級生なども既婚者ばかりだった。せっかく故郷に帰ってきたのに、幼なじみも軒並《のきな》み所帯をもっているから遊び相手になってくれず、愚痴をこぼすことさえできない。

そんな生活が一年も続くと、さすがにうんざりしてくる。東京ならどこの街にでもピンサロやヘルスくらいあったものだが、ここからいちばん近いフーゾク店は駅まで自転車で四十分、さらに在来線で三駅先まで行かなければならず、東京並みに可愛いフーゾク嬢や斬新なサービスだって期待できない。

欲求不満は日に日に溜まっていくばかりだった。

もはや恋人だとか結婚だとか、高望みはすまい。夫に放置されている人妻の慰め役でもいいから、お互い淫らな汗にまみれて組んずほぐれつ、めくるめく快楽に溺れてしまいたくてしようがなかった。

2

自分の黒い秘密は墓場までもっていくつもりでも、他人の黒い秘密は暴いてしまいたくなるのが人間の業《ごう》というものかもしれない。

(またかよ……)

深夜、ひとりビールを飲みながらなんの気なしに窓の外を眺めた順平は、男と女がコソコソとマンションから出ていくのを目撃した。外国人観光客ではなく、日本人である。それも、他県から観光に来たのではなく、地元の人間であることは、クルマのナンバーからあきらかだった。

民泊施設を利用しても泊まることなくラブホテルがわりに利用している客が、

このところじわじわと増えてきていた。

民泊施設はラブホテルと違って目立つ建物ではないし、フロントで誰かと顔を合わせる必要もなく、料金はゲストハウスに毛が生えた程度。おまけに順平の管理するマンションは国道沿いに立っているから、防音対策も万全で、セックスをするのにうってつけの環境なのだろう。

それにしても、民泊関係の掲示板に情報を流すくらいで、特別な宣伝もしていないのに、スケベな人間の嗅覚はたいしたものである。

もちろん、正規の料金を頂いている以上、どんなふうに利用しようと客の勝手には違いない。とはいえ、目立たない民泊でこっそり逢瀬を楽しんでいるのは後ろめたさがある連中ばかりのようだった。実際、男女ふたりとも、あるいはどちらかが既婚者に見えるカップルが多く、順平はいつだって見て見ぬふりをしていた。

しかし……。

今度ばかりはそうはいかなかった。マンションからコソコソと出ていき、駐車場でクルマに乗りこんでいく女の顔に見覚えがあったからだ。夜だったので男の顔までは判然としなかったが、女のほうはたしかに知っている人間だった。

牧場千鶴《まきばちづる》、三十六歳——順平がバイトしているコンビニのオーナーの妻である。もちろん既婚者であり、小学生の息子までいるはずだから、彼女がやっていることは家族を裏切る不貞行為である。

（とんでもないな、あの人……）

世間的には許されないこととはいえ、自分が裏切られたわけではないし、いちおう客でもある以上、いつものように見て見ぬふりをしてもよかった。夫と不仲なのかもしれず、セックスレスに悶え苦しんでいるのかもしれず、人妻というのも大変ですねえと、生あたたかい眼で見てやることもできただろう。

だが、千鶴というのは最低最悪のクソ女であり、順平の天敵と言ってもいいような存在なのである。

容姿はいい。眼鼻立ちがくっきりした華やかな美人で、服を着ていてもはっきりとわかるほどグラマーなスタイルの持ち主だ。驚くほど大きな胸をしているうえ、横浜出身とかで雰囲気も垢抜けている。

ただ、性格は限度を超えて性悪だった。夫はコンビニを何店舗も経営しているから、順平の働いている店は、千鶴が実質的な店長のようなものだった。それをいいことに、まるで女帝のように振る舞っている。客にはまあまあ愛想がよくても、バイトを下僕のように扱う人間のクズなのである。

とくに順平は目の敵《かたき》にされていた。「あんた使えないわねえ」というのが口癖で、掃除でも品出しでもやることなすことすべてに文句をつけられる。五、六時間の勤務時間中、少なくとも十回は舌打ちされるし、汚物を見るような眼つきで睨《にら》まれることはもっと多い。さらには、

「あのさー、あんた目障りだから、もうお店にいなくていいわよ。ビスコとレモンの世話してきて」

と言い放たれることまである。牧場家の住居はこのコンビニの上階にあり、ビスコとレモンというのは飼い犬と飼い猫だ。コンビニの店員として雇われたはずなのに、小動物のトイレ掃除や風呂入れ、散歩までさせられるのだから、ちょっとあり得ない話である。

とはいえ、他のバイト先を探すとなると難しく、自転車で四十分かかる駅前に行くことになるだろう。通勤時間に往復一時間二十分もかかってしまっては、民泊管理の隙間時間を埋めるバイトの意味が薄らいでくる。立地的にはいまのコンビニでバイトするのがいちばんいいのだが、こちらが黙って服従しているのをいいことに、彼女の態度はますます増長していくばかりだった。

（あの女、不倫してやがったのか……）

腹の底から、ふつふつとこみあげてくるものがあった。千鶴の夫であるオーナーは町の顔役というか、町内会の会長を歴任している男であり、子煩悩《こぼんのう》でも有名で、たしかＰＴＡでも役員をやっていたはずだ。

その妻が不倫となると、ただですむはずがなかった。最低でもコンビニで働けなくなり、下手をすれば三行半《みくだりはん》だろう。

（いいぞ、いいぞ。あの女、この町から追いだしてやる……）

動かぬ証拠を押さえるため、順平は翌日、マンションのエントランス、エレベータの中、部屋の並んだ廊下に防犯カメラを設置した。大容量のハードディスクを搭載したパソコンも一緒に買い求めたので、けっこうな散財になってしまったけれど、最新機種なので画質が鮮明であり、期待に胸がふくらんだ。

一週間後、千鶴が姿を現した。

思惑通りの展開に順平は小躍りしそうだったが、相手の男を見て仰天した。

（まっ、間宮《まみや》くんじゃないか……）

千鶴と肩を並べてマンションに入ってきたのは、間宮光一《こういち》という大学生だった。同じコンビニでバイトしているから、順平も週に一度は会っている。あどけない顔をしているくせに、ボディビルで体を鍛えているとかで、首から下は異様に逞《たくま》しい。年はたしか二十一。千鶴より十五も年下である。

（嘘だろ……）

身を乗りだしてパソコンモニターを凝視しながら、順平は唖然とするばかりだった。十五も年下の大学生に手を出すなんて、千鶴という女の恐ろしさを目の当たりにさせられた。

ふたりはエレベータに乗りこんだ。キスくらいするかもしれないと順平は手に汗を握って待ち構えたが、期待は裏切られた。キスどころか、手も繋がないし、眼を合わせようとすらしない。

お互いやたらと素っ気ない態度でエレベーターをおり、そそくさと部屋に入っていったので、順平は舌打ちした。地元に住んでいる人妻と大学生が宿泊施設に入っていったのだから、目的はセックスに決まっている。にもかかわらず、画面からはそういう生ぐさい雰囲気がまったく伝わってこない。

（ちくしょう……）

大魚《たいぎょ》を釣りあげながら、捕獲寸前で逃げられた釣り人のような気分だった。しかし、千鶴と間宮が淫らな関係にあるのはもはや疑いようがないので、もう少し様子を見ることにした。

それから二日後、千鶴は再び姿を現した。人妻のくせに三日にあげず不倫かよ、と呆れる一方、相手の男を見て順平は椅子から転げ落ちそうになった。

間宮ではなかったからだ。

唐沢洋二《からさわようじ》という、こちらも同じコンビニで働いている専門学校生だ。コンピュータ関係の勉強をしているとかで、分厚いメガネをかけたひょろっとした男である。間宮とはまるで違うタイプだが、もちろん同世代だ。千鶴は要するに、若い男なら誰でもいいのか？

結果、皮肉めいたそんな推測がずばりと当たってしまったので、順平は逆に戸惑ってしまった。

千鶴が民泊施設に連れこむ男は、本当に二十歳前後の若い男ばかりだった。順平が知っている顔もいれば、知らない顔もいた。夫が十以上年上であるせいかもしれないけれど、とにかく千鶴は若い男が大好きであり、と同時に彼らにモテるらしい。

（ちくしょう、ふざけやがって……）

地元に引っこんでからというもの、女日照りに悶え苦しんでいる順平は、何度も頭を掻《か》き毟《むし》った。

（なぜだ？　どうしてあの女ばかりがこんなにモテる？）

千鶴はたしかに美人である。田舎のコンビニで働いているのが惜しいくらい、洗練されたオーラもまとっている。だからといって、いくらなんでもモテすぎではないのか？

もちろん……。

自分と千鶴を比べたところで意味がないことは、順平自身がいちばんよくわかっていた。美しくも色っぽい人妻から誘惑され、若い男が断るはずがない。精力がありあまっている年ごろだし、この町には若い女が極端に少ない。タダでやらせてくれるなら、人妻でもなんでも飛びついてしまう。若いうちに年上の女からベッドマナーを学んでおけば、これから先の恋愛において有利に振る舞えるというメリットだって考えるかもしれない。

一方、三十三歳の冴えないおっさんに誘惑されて喜ぶ若い女が、そうそういるとは思えない。マッチングアプリを駆使すればひとりくらいは引っかかるかもしれないが、安心はできない。最近の若い女は狡猾《こうかつ》にして非情だから、こちらがピュアに恋をしても、向こうは頂き女子だったりする。甘い言葉に乗せられて、身ぐるみ剝がれてから後悔しても遅いのである。

3

順平はマンションの部屋に盗撮カメラを仕込むことにした。

本当は、そこまでするつもりはなかった。

宿泊施設の共用部分――エントランスやエレベータや廊下に防犯カメラを設置するのは管理人としての義務であり、むしろ最初から設置しておくべきものだった。

一方、部屋の中にまで盗撮カメラを仕込んでのぞき見をするのは、完全なる犯罪である。当たり前だが誰だって犯罪者にはなりたくないし、順平にしてもまっぴらごめんだった。

しかし、いま手元にある画像だけでは、決定的な証拠にならないのだ。「千鶴が若い男と民泊施設を利用した」という証拠にはなっても、淫らな肉体関係までは証明できない。

大学教授が女子大生とラブホテルにしけこんでも、「勉学の参考になる映画を観ていただけ」という言い訳がまかり通ってしまう世の中だ。千鶴があくまでシラを切り通せば、何事もなかったことになってしまうかもしれない。ならば、決定的な証拠を押さえるしかないではないか。

いや……。

それが自分に対する言い訳であることくらい、順平にだってよくわかっていた。

夫に不倫を密告し、千鶴をこの町から追いだしてやりたいという気持ちはいまも揺るぎない。

だがその一方で、週に二回も三回も相手を変えて密室にしけこんでいる千鶴の本性を、この眼で確認したいという気持ちが日に日に強まっていった。もっとわかりやすく言えば、千鶴がセックスしているところを見たくてしようがなくなってしまったのである。

千鶴が美しく色っぽい人妻であることは認めざるを得ない。顔立ちも華やかなら、スタイルも推定Iカップを擁《よう》するグラマー。中身は性悪でも、男に劣情を催させるという意味において、東京でも滅多にお目にかかれないくらいのいい女なのである。

予算の都合で、盗撮カメラを仕込んだのは一室だけだ。インバウンド以外の日本人、それもカップルの客には、その部屋をあてがうことに決めた。

数日後、早々にヒットした。千鶴と一緒にやってきたのは間宮光一だったから、これはもはや運命かもしれない。

(うわっ……)

前回同様、部屋に向かう途中は素っ気ない態度のふたりだったが、部屋に入るなり豹変し、熱い抱擁を交わした。体をこすりつけあうようにして抱きあいながら唇を重ね、濃厚すぎるキスで唾液に糸を引かせている。

(もう辛抱たまらんって感じだな……)

のぞき魔が冷笑していることなど知る由もなく、ふたりは服を脱ぎはじめた。

普通なら、キスや愛撫をしながら男が女の服を脱がすものだろうが、千鶴は自分でニットやスカート、ナチュラルカラーのパンティストッキングまで脱いで下着姿になった。焦って裸になろうとする態度から、欲求不満が隠しきれない。

間宮も黒いブリーフ一枚になり、あどけない顔立ちに似合わない筋骨隆々の裸身を露わにすると、ふたりで奥の寝室に向かった。

このマンションの部屋はすべて2DKで、ダイニングキッチンこそフローリングだが、あとのふた間は畳敷きの和室だった。

布団はすでに一室の畳の上に延べてある。間宮と千鶴は掛け布団を乱暴に剝がして、順平が洗った白いシーツの上に半裸の体を横たえた。

(ずっ、ずいぶんエロいランジェリーを着けてるじゃないか……)

千鶴の下着は燃えるようなワインレッドで、ハイレグパンティが股間にぴっちり食いこんでいた。Tバックなので丸々とした尻の双丘《そうきゅう》が、ほとんどすべて見えている。下着の色やデザインもいやらしかったが、刮目《かつもく》すべきはその胸だった。ブラジャー自体も相当大きいのに、白い乳肉がこぼれそうになっている。

順平は痛いくらいに勃起していた。天敵と言っていい性悪女とはいえ、美貌と色香は偽物ではなかった。

「奥さんっ！」

間宮は欲望剝きだしのギラついた眼つきで、千鶴にむしゃぶりついていった。背中のホックをはずし、毟り取るようにブラジャーを奪った。露わになった巨大な乳肉を鷲づかみにして、ぐいぐいと揉みしだく。たわわに実った肉房はひどく柔らかそうで、指が簡単に沈みこんでいく。若い間宮は鼻息を荒《あら》らげて量感あふれる隆起に頬ずりすると、乳首を吸いたてはじめた。

「ああっ、いいっ！」

千鶴はウェイブのかかった栗色の長い髪を振り乱して身をよじった。華やかな美貌はみるみる紅潮していき、のぞき魔にまで欲情を伝えてくる。せつなげに眉根を寄せた表情がいやらしすぎる。

とはいえ、高慢な女帝キャラである彼女が、いつまでも若者の愛撫を甘んじて受けとめているわけがなかった。ひとしきり巨乳を揉まれ、乳首を吸われると、グラマラスなボディを躍らせて、間宮の腕の中からすり抜けた。間宮をあお向けにして、黒いブリーフを脱がせていく。

若オスの肉棒が唸《うな》りをあげて屹立《きつりつ》すると、千鶴は間宮の両脚の間に陣取った。あどけない顔をこわばらせている間宮の顔を妖しい眼つきでチラチラと眺めながら、勃起しきった男根にも熱い視線をからめていく。あまりにもいやらしい眼つきに、まだ触れられてもいないのに間宮は身をよじりはじめる。

「すごーい、こんなに涎《よだれ》垂らしちゃって……」

千鶴が男根の先端に人差し指でちょんと触れると、我慢汁が糸を引いた。ボディビルで鍛えているという間宮の体は腕も太腿《ふともも》も筋肉でパンパンだが、鍛えようのない男根がそれ以上に張りつめている。

「ねえ……」

千鶴が濡れた瞳を光らせた。

「わたし、ここのエレベータに乗ってるときから、オマンコ濡れぬれのびしょびしょだったの。もう入れてもいい？」

さすが女帝、と順平は唸った。普通のセックスの場合、この体勢になったらまずはフェラチオ、お返しのクンニリングス、さらにはシックスナインなどを経てから挿入に駒を進めるものだろう。だが千鶴は、そんな面倒な段取りはすっ飛ばして、さっさと男根を咥《くわ》えこみたいようだった。

（フェラをしたくないのかもな……）

千鶴のようにプライドの高い女が、十五歳下の大学生に口腔奉仕《こうこうほうし》する姿は、なるほど想像しづらかった。男にそれを求められても、プイと顔をそむけそうなのが千鶴という女なのである。

とはいえ、女がいきなり挿入を求めるのは、男をヴァイブやディルド扱いする失敬な態度だと言っていい。

それでも間宮は逆らわず、こわばった顔で何度もうなずいた。千鶴は満足げな笑みを浮かべると、彼の腰にまたがっていった。

千鶴はまだ、ワインレッドのハイレグパンティを穿《は》いていた。両膝を立てた蹲《そん》踞《きょ》の体勢で、パンティのフロント部分を片側に寄せていき、獣のように黒々と茂った草むらを露わにして、男根の切っ先を濡れた花園に導いていく。

「いくわよ……」

女帝に上から睨《ね》めつけられた間宮はもう、蛇に睨まれた蛙のようなものだった。ろくに反応できない二十一歳の大学生の顔をなおも睨みつけながら、千鶴が腰を落としていく。眼つきは険しくても、きりきりと眉根が寄っていくので、その表情は次第にメスみを帯び、獣じみた淫臭を振りまきはじめる。

「くぅうううぅーっ！」

最後まで腰を落としきると、千鶴は推定Iカップの巨乳をタプタプと揺らした。若い男根のハメ心地は悪くないらしく、唸り声をもらして結合感を嚙みしめている。十秒ほどじっと嚙みしめてから、おもむろに動きだした。両脚をM字にひろげたまま、ぐりんっ、ぐりんっ、と腰をグラインドさせはじめたのだ。

いやらしすぎる動きだった。咥えこまれた男根が、肉ひだのびっしり詰まった穴の中でこねくりまわされているのが容易に想像できる。

　実際、間宮の顔はみるみる真っ赤に染まっていき、脂汗でテラテラと光りだした。首にくっきりと筋も浮かべている。気持ちがいいに違いない、と順平は固唾《かたず》を呑んで見守りつづける。

「ああああーっ！」

　千鶴が腰の動きを変化させた。今度はグラインドではなく、前後運動だ。クイッ、クイッ、と股間をしゃくる要領で、リズムに乗っていく。セクシーなダンスを踊っているようでいて、それは肉悦《にくえつ》をむさぼる動きだった。さすがにそこまでマイクが拾ってくれなかったが、ずちゅっ、ぐちゅっ、という卑猥《ひわい》な肉ずれ音まで聞こえてきそうである。

「あああああーっ！　はぁあああああーっ！　はぁああああああーっ！」

　千鶴のあえぎ声が一足飛《いっそくと》びに甲高《かんだか》くなっていき、それと呼応するように腰の動きのピッチもあがっていった。類《たぐ》い稀《まれ》な推定Iカップは、ぶるんっ、ぶるるんっ、と揺れはずみ、画面を通してさえ、体温の急上昇が伝わってくるようだ。

「ああっ、ダメッ！　もうダメッ！」

　やがて千鶴は美貌をくしゃくしゃに歪《ゆが》め、切羽つまった声をあげると、

「もうイクッ！　イッちゃううううううーっ！」

ガクガクッ、ガクガクッ、と激しく腰を震わせて、最初のオルガスムスに駆けあがっていった。

4

なんだか毒気を抜かれた気分だった。

順平にとって千鶴は天敵、この町から追いだしてやりたいし、最低でもコンビニから離れてほしい——そう思っているのは事実だったが、若い男の上にまたがってみずから腰を振り、何度も何度も絶頂へと昇りつめていく彼女の痴態を見たことで、心境に変化が訪れた。

(こっちは盗撮までしたんだから、意地悪されてもおあいこ、ってことにしといてやるか……)

コンビニでのバイト中は相変わらず下僕扱いしてくるし、その圧はさらに強まっていくばかりだったが、怒りの感情がこみあげてこなくなった。

理由ははっきりしている。千鶴のセックス動画は、いままで観たどんなAVよりも生々しいエロスに満ちあふれ、オナニーせずにはいられなかったからだ。

ライブ中継中だけではなく、録画したものも使って何度も抜いた。抜かずにはいられなかった。三十三歳にもなって、オナニーばかりしている自分に呆れてしまうくらいだった。

（次はいつ来るんだろうな。誰が相手でも男の上にまたがって腰を振るのか？　それとも……）

間宮とまぐわう千鶴を見ながら射精したあとでも、次の盗撮チャンスのことを考えると勃起は瞬く間に回復した。次の機会を首を長くして待っている以上、千鶴がこの町から出ていってしまうのはよろしくない。

ところが、ある日のこと――。

「ねえ、ちょっと……」

バイトに行くなり、千鶴が眼を吊りあげて突っかかってきた。

「あなた、賞味期限切れのお弁当持って帰って食べてるでしょ？　わたし、きちんと破棄しなきゃいけないって、いつも口を酸っぱくして言ってるわよね」

ロッカーの前で制服に着替えようとしていた順平は、ポカンと口を開いてしまった。まったく心当たりがなかったからだ。

「賞味期限が切れてるものでも、お店のものを勝手に持って帰るのは万引きと同じよ。そういう人を雇っておくことはできません。今日限りでクビにしますから、帰ってちょうだい」

「いったいなんの話ですか……」

苦笑まじりに問い返すと、

「はあ？　あなた耳が聞こえないの？　それとも理解力が皆無のクルクルパーなのかしら？　わたしはね、万引き犯はクビだって言ってるの。警察に突きだされないだけありがたいと思いなさい。あんたみたいな役立たずをクビにしたって、ここでバイトしたいって人はたくさんいるんですからね」

はは－ん、と順平は胸底《きょうてい》でつぶやいた。そういえば昨日、若い男が面接に来ていた。こんな田舎町にしては珍しいくらいのイケメンだったので、すれ違った順平も二度見してしまったくらいだ。

おそらく、あのイケメンを採用するために、順平が入っているぶんのシフトが必要になったのだ。人のことをさんざん下僕扱いしておいて、いい男が出現すれば即刻クビ――あまりの理不尽さに腹の底から怒りがこみあげてきた。

「やってませんけど、証拠はあるんですか？」

順平は低い声で訊ねた。

「人を万引き犯呼ばわりするからには、それなりの証拠を出さないと大変なことになりますよ」

「はあ？　証拠なんてなくたって、わたしが万引きしたって言うんだから万引きしたの」

「そんなこと言われても困ります。こっちには心当たりがないんだから、警察でもなんでも呼んでください」

「ハッ……」

千鶴が意地悪げに唇を歪めて笑った。

「あなた、まだここで働きたいの？　猫ちゃんのトイレ掃除までやらされてるのに、そんなにこのお店にしがみつきたいのかしら？」

せせら笑う千鶴を前に、順平は怒りを抑えきれなくなった。

（ああ、そうかい？　猫トイレの掃除までやらせていたのも、俺を辞めさせたいためだったわけかい？　だったら最初から採用しなけりゃいいものを……もう怒ったぞ。泣いて謝っても勘弁してやらないからな……）

完全に怒りのスイッチが入ってしまった順平は、

「……しがみつきたいですねえ」

意地悪げに唇を歪めて笑い返した。

「女帝気取りの高慢ちきな女が、実は民泊施設に若い男を連れこんで、セックスばっかりしてる……人妻のくせに浮気し放題のオマンコやり放題……この店に来てあんたの澄ました顔を見てると、笑いがとまりませんから」

「なんですって？」

千鶴の顔色が変わった。

「なっ、なにを証拠にそんなこと……」

「俺はあんたと違って、証拠もなく人を罪人扱いしませんよ」

順平はスマホを出し、液晶画面を千鶴に向けた。彼女と間宮がマンションのエントランスに入っていく画像だった。続いてエレベーター内でのツーショット、さらには部屋に入るところも……。

「なっ、なんなのこれ？」

千鶴はわざとらしく笑った。華やかな美貌が無残にひきつり、頬がピクピクと痙攣《けいれん》しはじめる。

「どこで手に入れた画像か知らないけど、このマンション、間宮くんの自宅よ。たまたま道でばったり会って、お茶に誘われたからお邪魔しただけ。お茶を淹れてくれたのだって、彼のお母さんだし……」

「嘘つかないでくださいよ」

順平は吐き捨てるように言った。

「ここは俺の自宅で、俺が管理している民泊施設です。住所を言いましょうか？　ってゆーか、俺が出した履歴書に、ここの住所書いてあるはずですけど」

千鶴の顔から血の気が引いていく。

「しかも、浮気相手は間宮くんだけじゃないですよね？」

スマホを操作し、他の男との画像も見せる。一人、二人、三人……千鶴は顔面蒼白で震えだした。

「人妻なのに、ずいぶんとお盛んなことで。たしかオーナーは、町内会長にしてPTAの役員でしたよね？　これ見せたらどんな顔するか楽しみですよ」

「みっ、見せたかったら、勝手に見せればいいわよ！」

ヒステリックに言い返してきた千鶴は、開き直ったようだった。

「そうね、たしかにわたしは、民泊施設に間宮くんと入ったことがあるわよ。他の子たちもそう……でもね、泊まったわけじゃないし、部屋でふたりきりになったからって、淫らなことをしているに違いないって考えるのは、ゲスの勘ぐりって言うんだから。わたしたちはべつに、お茶を飲んだりDVDを観たりしてただけで、やましいことなんてなにも……」

下半身スキャンダルを揉み消そうと躍起《やっき》になっている女政治家のように熱弁をふるう千鶴だったが、

「へええ、これがやましいことじゃないんだ？」

順平は勝ち誇った笑みを浮かべて、とっておきの動画を見せた。もちろん、千鶴が間宮の上にまたがり、騎乗位で腰を振りたてているものである。両脚をM字にひろげたあられもない格好で、推定Iカップの巨乳をこれでもかと揺れはずませて……。

「バイトの若い男を次々たらしこんで、自分勝手なセックスで欲求不満解消……あんたって、とことんゲスい女っすね」

「とっ、盗撮したの？」

千鶴が声を震わせながら睨んでくる。

「さあね、証拠もなしに万引き犯の濡《ぬ》れ衣《ぎぬ》を着せてくるような女に、そこまで教える義理もないです」

「盗撮は犯罪よ！」

「濡れ衣を着せるのも犯罪みたいなもんじゃないですか。まあ、いいですよ。文句があるなら警察にでもなんでも通報すれば……僕はこれから家に帰って、この動画をネットにアップしますから。というわけで失礼します」

バーンとロッカーの扉を閉めてバックヤードから出ていこうとすると、

「待ちなさいよ……」

千鶴がシャツの裾をつかんできた。

「そっ、そんな動画、ネットに流されたら……」

「恥ずかしくて町を歩けなくなるでしょうね」

順平は笑いをこらえきれなかった。

「俺はAV業者じゃないんで、モザイクなんかかけられませんから。チンコ咥えこんでるオマンコのびらびらまで世界中の人に見られて、それで興奮するかもしれませんね。あんたみたいなド淫乱は……」

「ひっ、ひどいっ……」

千鶴は眼尻の涙を拭った。なにしろ美人なので哀れを誘う絵面《えづら》になったが、順平は手心を加える気にはなれなかった。

女は生まれながらの女優である。女の涙に騙された間抜けな男の悲惨な末路を、東京の夜はうんざりするほど見せてくれた。

「ご主人も気の毒ですねえ……」

ニヤニヤしながら言葉を継ぐ。

「なにがPTAの役員だよ。自分の嫁ひとり躾《しつ》けられないのに教育を語るなんて笑止千万《しょうしせんばん》、馬鹿丸出しじゃないですか？　違いますか？」

千鶴は言葉を返してこない。

「町内会長っていうのもお笑い草ですよ。誰が町内の風紀を乱してるのかって、自分の嫁なんだから……はっきり言いますけどね、バイトで雇った若い子を次々手込めにしてるなんて、セクハラ、パワハラの類いですよ。事が明るみに出れば、彼らが通ってる学校が黙ってないでしょうし、もちろんご両親も……下手すれば社会問題になりますよ。俺の盗撮なんてどうでもよくなって、下手をすれば悪を暴いた英雄的行為って崇《あが》められるかもしれませんね」

千鶴は眼尻の涙を拭いながら、血の気を失った唇を嚙みしめるばかりだった。

5

バックヤードは静寂に包まれていた。

時刻は午後二時を少しまわったところ——都会の盛り場にあるコンビニと違

い、この店では昼のラッシュが落ち着けば、夕方まで客なんてほとんど来ない。レジに立っているおばさんも、あくびを噛み殺していることだろう。

「……どっ、どうすればいいの？」

気の毒になるほど声を震わせて、千鶴が問いかけてきた。

「どうすれば黙っていてもらえる？　動画をネットに流さないでくれる？」

「それはまあ……」

順平は鼻で笑いながら答えた。

「奥さんの心掛け次第でしょうねえ」

「こっ、心掛けって……」

「ふふん」

順平は悪意が胸の中でざわめくのを感じた。相手の弱味につけこんで言いなりにするのは、卑劣な人間のすることだ。そんなことはわかっていたが、相手はいままでさんざん煮え湯を飲まされてきた性悪女、少々リベンジさせてもらってもバチはあたるまい。

「まずは謝ってもらいましょうか」

居丈高《いたけだか》に言い放った。

「誠心誠意の謝罪を受ければ、俺だって少しは寛容な気持ちになれるかもしれない」

「すっ、すいませんでした……」

千鶴は深々と頭をさげた。十秒以上さげたままだったが、もちろんそのくらいで許してもらえると思ったら大間違いだ。

「謝り方がなってないですねえ……」

順平は鼻白んだ顔で吐き捨てると、

「とりあえず、あっちに行きましょうか」

千鶴を奥の事務室にうながした。防犯カメラのモニターがあり、デスクがある。普段は千鶴が事務仕事をしたり、バイトの面接をしたりしているところだ。客足の途絶えたこの時間、レジに立っているおばさんがバックヤードにやってくることもないだろうが、事務室に入ってしまえば万全だ。

順平はバタンと扉を閉めると、

「誠心誠意の謝罪っていうのは……」

怯《おび》えきっている千鶴の顔をのぞきこみながら言った。

「普通に考えて土下座じゃないですかね？」

「どっ、土下座すれば許してくれるのね？」

「奥さんの場合、普段から俺のことを目の敵にして、ありえない濡れ衣でクビにしようとして、その裏では若いバイトを次々手込めにしていたわけですからねえ……ただの土下座じゃすみませんよ。全裸で土下座してください」

「なっ……」

千鶴は血の気を失った顔をますます青ざめさせた。

「そんなことできるわけないでしょ！」

「ああ、そうですか」

順平は鼻で笑った。

「だったらべつにいいですよ。全世界に向けて奥さんのエロ動画を発信しますから、ククク、楽しみにしておいてください。一夜明けたら大スターですよ。エロスター、ポルノスター、ドスケベナンバーワン……」

「わかったわよ！」

千鶴は声を荒らげた。

「脱げばいいんでしょ、脱げば……」

言いながら制服のボタンをはずし、脱ぐなり机に叩きつけた。怒り心頭に発しているようだった。

　とはいえ、過剰に怒ってみせているのは、恥ずかしさを隠すためという一面もあるだろう。女帝として君臨している店の事務室で全裸で土下座——彼女にとってはプライドを粉々にされる過酷な罰ゲームである。

「ううう っ……」

　唇を噛みしめながら、千鶴は白いニットを頭から抜き、コーラルピンクのブラジャーを露わにした。金銀のレースがあしらわれ、フリルやレースもふんだんに使われた高級ランジェリーだったが、なによりもその大きさに度肝を抜かれる。重力に逆らって前に迫《せ》りだした隆起の迫力は、盗撮動画で見た以上だ。

　千鶴は続いてベージュのスカートも脚から抜いた。黒いパンティストッキングに、コーラルピンクのハイレグパンティが透けていた。

（エッ、エロすぎるだろ……）

　順平はごくりと生唾を呑みこんだ。女のパンスト姿は楽屋裏だ。極薄のナイロンが脚を綺麗に見せても、スカートに隠れた部分は美しくない。無残というか不細工というかみじめというか、けれどもそうであるがゆえに男の劣情を駆りたてる。千鶴のように高慢にして色っぽい女ならなおさらである。

「武士の情けをかけてあげましょうか？」

順平はニヤニヤと笑いながらささやいた。首から下は三十六歳のお色気むんむんでも、千鶴の顔は真っ赤になっていた。先ほどまで青ざめていたくせに、裸になるのがよほど恥ずかしいらしい。いまにも泣きだしそうな表情で、恨みがましく順平を睨んでくる。

「全裸にならなくても、それで土下座したらいいですよ」

「えっ……」

真っ赤になった顔に、ほんの一瞬安堵《あんど》が浮かんだ。全裸にならなくていいというのは、彼女にとって朗報には違いない。

「そのまま土下座してくださいよ、さあ」

「ううう……」

千鶴はうめきながら床に膝をつき、土下座をした。

「こっ、この通りです……動画をネットに流すのは……それだけは許してください……そんなことされたらわたし、身の破滅です……主人に三行半を突きつけられて、実家に帰らなくちゃならない……」

身から出た錆《さび》なので、順平は同情する気にはなれなかった。天敵に土下座で詫びを入れさせたことに、悦に入《い》ってもいなかった。彼女に対するリベンジはまだ始まったばかり、武士の情けを真《ま》に受けてもらっては困る。

「……えっ？」

顔をあげた千鶴が、眼を真ん丸に見開いて息を呑んだ。それもそのはず、順平がズボンとブリーフをさげ、隆々とそそり勃った男根を露わにしていたからだ。彼女が白いニットを脱いだ瞬間から、順平は勃起していた。

「舐めてもらいましょうか？」

「なっ、なにを言ってるの？」

千鶴は怒りに声を震わせた。

「そんな約束はしてないじゃないの」

「奥さんの色っぽい下着姿を見たら、勃っちゃったんですよ。つまり、こうなったのは奥さんのせいだ。責任とるのが筋ってもんでしょ」

われながらめちゃくちゃなことを言っているな、と順平は思った。

しかし、下着姿で土下座させたくらいでは気持ちがおさまらないほど彼女には屈辱を与えられてきたのだ。オーナーの妻という、せこい権力を利用して飼い猫のトイレ掃除をさせたり、飼い犬の散歩をさせるような人間に、温情も憐憫《れんびん》も必要ない。

「ほら、早く舐めてくださいよ。舐めたくないなら舐めなくてもいいですけど、そのときは覚悟してくださいよ」

「ううう……」

千鶴は悔しげにうめきながら、男根を反り返して仁王立ちになっている順平の足元まで這ってきた。膝立ちになって男の器官と対峙すると、顔をそむけた。しかし彼女は、最早《もはや》順平に言われた通りにすることしかできない。

「どっ、どうしてわたしがっ……こんなことっ……」

恨み節を唸りながら、まずはパンパンに膨張して血管を浮かべている肉胴《にくどう》に、指をからめてきた。震える唇を卑猥な０の字にひろげて、おずおずと亀頭に近づけてくる。だが、舌を差しだそうとして、何度もためらった。ためらいつつも、なんとか自分を奮い立たせて、亀頭の裏筋をチロチロと舐めてくる。

「むううっ！」

順平はぐっと腰を反らせた。天敵にしてお色気たっぷりの人妻を、みずからの軍門に降《くだ》らせた瞬間だった。一線を越えてまで盗撮した価値はあったと、身震いするほどの達成感を覚えた。

「人妻のくせに、なに気取った舐め方してるんですか？　さっさと咥えてくださいよ、さっさと」

「ううぅっ……ぅんああっ……」

千鶴はＯの字にひろげた唇で、亀頭をぱっくりと咥えこんだ。生温かい口内粘膜の感触に、順平の腰はさらに反っていく。

「ぅんんっ……ぅんんっ……」

千鶴は唇をスライドさせはじめたが、まるで本気ではなかった。間宮との情事で口腔奉仕は披露していなかったが、三十六歳の人妻がこんな遠慮がちに男根をしゃぶるわけがない。おざなりなやり方で誤魔化せると思っているとしたら、それは大きな間違いである。

「真面目にやらないと終わりませんよ」

順平は千鶴の頭を両手でつかみ、みずから腰を動かしはじめた。口唇《こうしん》を肉穴に見立てて、ぐいぐいとピストン運動を送りこんでいく。

「ぅんぐっ！　ぅんぐぅぅぅーっ！」

千鶴は眼を白黒させ、鼻奥で悶え泣いたが、知ったことではなかった。

（たまらん……たまらないよ……）

イラマチオと呼ばれるこのやり方を、順平は他の女にしたことがない。セフレでもワンナイトスタンドの相手でも、相手に悪いと思ってしまうからだった。しかし、千鶴が相手なら遠慮の必要はない。これは下僕のリベンジマッチだ。積年の恨みを晴らすためには、白眼を剝きそうになろうが、涙を流してえずきそうになろうが、容赦する気にはなれない。

「だっ、出すぞっ……このまま出しますすよっ……」

順平は興奮に体中を震わせながら言った。

「出しますから、全部飲んでくださいよっ……全部っ……」

「ぅんぐっ！　ぅんぐっ！」

千鶴は涙眼で首を横に振った。といっても、順平が両手で頭をつかんでいるから、しっかり振ることはできない。動けない彼女の顔の中心を犯すように、順平は腰を使った。口唇をずぼずぼと穿《うが》てば、唇と肉棒の隙間から唾液が垂れてきた。唾液の多いのは多淫《たいん》の証拠であり、イラマチオも気持ちがよくなる一方だ。

「むううっ！」

順平は腰を限界まで反らしきり、フィニッシュの連打を放った。

「だっ、出すぞっ……出すぞっ、出すぞっ……おおおおおっ……うおおおおお

おおおおーっ！」

雄叫《おたけ》びをあげて最後の一打を打ちこむと、煮えたぎるほど熱い欲望の粘液を、千鶴の口内にドバッと放った。

「おおおおっ……おおおおっ……」

ドクンッ、ドクンッ、と射精が訪れ、男根の芯に灼熱《しゃくねつ》が走り抜けるたびに、順平は身をよじって快楽を噛みしめた。

正直に言えば、口内に発射してしまうのは少しもったいないような気がした。千鶴はもはや、脱げと命ずれば全裸になり、股を開けと言えば開く女に成り下がっている。どうせ射精を決めるなら、下の穴を使ったほうがよかったような気もしたが……。

「ぅんぐっ！　ぅんぐぐーっ！」

華やかな美貌をくしゃくしゃに歪め、大粒の涙をボロボロとこぼしながら、射精を受けとめている千鶴の顔を見ていると、溜飲《りゅういん》がさがった。抱くことなんていつでもできる。下僕のリベンジマッチはまだ始まったばかりなのだから……。

第二章　逆転のお仕置き

1

「ごめんなさい。わたしちょっと奥で彼と話をしてるから、お店見ててちょうだいね。なにかあったらチャイム鳴らして」

千鶴がレジに立っているおばさんに言った。彼というのは順平のことである。

「あっ、わかりました」

おばさんは朗《ほが》らかに答えたが、順平を見る目は同情と憐憫に満ちていた。店で働いている人間で、順平が目の敵にされていることを知らない者はいない。きっとまた理不尽な説教をされたり、ねちねちと嫌味を言われるんだろうな、と思っているに違いない。

だが、そういう芝居をしろと千鶴に命じたのは順平のほうだった。目的はもちろん、千鶴とふたりきりになるためだ。

事務室に入ると、扉に鍵をかけた。店内の様子はモニターで確認できるし、急に客が増えた場合、レジのおばさんはチャイムを鳴らすから、鍵などかけなくてもここにやってくる心配はない。だが、鍵をかけたことで、千鶴はにわかに怯えた表情になった。心理的なプレッシャーには有効なのである。

(さーて、どうしてくれよう……)

この事務室で千鶴をイラマチオで泣かせてから丸一日、二十四時間が経っていた。昨日は口内射精以上のことを求めなかったが、今日はそういうわけにはいかない。もっと徹底的に、みずからの振る舞いを後悔するほど辱《はずかし》めて、下僕扱いなんて二度とできないようにしなければ……。

「なっ、なんですか話って……」

千鶴は所在なげにもじもじしながら、下を向いて言った。

「いまはいちおう……仕事中なわけで……」

「あんたは仕事中にもかかわらず、三十分でも一時間でも俺に説教してましたよね」

順平は尖った声で言い返すと、

「そこに両手をついてください」

事務机を見やって言った。

「えっ……」

「早く！」

少し語気を強めただけで、千鶴はビクッと身をすくめた。順平の手に盗撮動画がある以上、彼女に抵抗の術《すべ》はない。なすがままの言いなりである。

「ううう……」

千鶴は悔しげにうめきながら両手を事務机についた。

「お尻を突きだしてくださいよ」

順平が言うと、千鶴は命じられた通りにした。立ちバックの体勢である。千鶴は淡いベージュのコットンパンツを穿いていた。伸縮性の素材がぴったりとフィットしているから、ヒップから太腿のムチムチ具合が一目瞭然《いちもくりようぜん》だ。

「エッチなお尻だなあ……」

順平はすかさず右手を伸ばしていくと、豊満にして真ん丸い尻を撫でた。丸みを吸いとるように手のひらを這わせれば、勃起せずにはいられないグラマーすぎるヒップである。

とはいえ、みずからの欲望はまだ抑えておかなければならない。それを爆発させるのは、高慢ちきな女帝をたっぷりと泣かせてからでも遅くない。

「くううっ……」

尻の桃割れに指を這わせていくと、千鶴はうめいた。だがその一方で、桃割れの奥からは、妖しい熱気がむんむんと漂ってくる。

(欲情してるのかよ……)

多淫な千鶴であるから、相手が誰であろうと体が反応してしまうのかもしれない。いや、今日のシフトに順平が入っていることを知ったときから、ある程度覚悟を決めていたのか?

「ねえ、お願い……」

千鶴が泣きそうな顔で振り返った。

「わたしを抱きたいなら、抱いてもいい……それで全部内緒にしてくれるなら……でも、お店ではやめて……あとから外で会いましょう」

「それは願ってもないお誘いですが……」

順平は下卑た笑いをこぼしながら、しつこく桃割れを撫でつづける。

「とりあえず昨日の借りは今日返しておかないと、こっちとしても気がすまなくてね」

「昨日の借りって……」

「チンポをたっぷり舐めてくれたじゃないですか？　舐められたら舐め返す、そんなマナーくらい、俺にだってわかってるんですよ」

ウエストのボタンをはずし、ファスナーをさげて、淡いベージュのコットンパンツをめくりおろすと、

「ああっ、いやっ……」

千鶴は悲鳴をあげそうになったが、すぐに手で口を押さえた。

「クククッ、嫌がってるわりには、エロいパンティ穿いてるじゃないですかぁ？」

順平は笑いをこらえることができなかった。今日の千鶴のパンティは、紫のレースのスケスケタイプ。Tバックほど大胆でなくても、どこからどう見ても勝負下着と言っていい。やはり、彼女にしてもこういう展開になることを予想していたのかもしれない。

「あああっ……」

紫のスケスケパンティもめくりおろしてやると、千鶴はせつなげな声をもらした。パンティに守られていた女の秘所に新鮮な空気を感じ、反射的に声が出たよ

うだった。順平は彼女の後ろにしゃがみこむと、尻の双丘を両手でがっちりつかみ、ぐいっと左右に割りひろげた。

「むううっ……」

セピア色のアヌスからアーモンドピンクの花びらまで、女の恥部という恥部が露わになり、発情したメスの匂いが鼻先で揺らいだ。盗撮動画で見た通り、千鶴の陰毛は野性的なほど濃いから、花びらのまわりが黒い繊毛《せんもう》で縁取《ふちど》られ、たまらなく淫靡《いんび》な光景である。

ふうっ、と息を吹きかけると、

「あああっ……」

千鶴はいやらしい声をもらし、順平の吐息はメスみを帯びた匂いを孕《はら》んで跳ね返ってきた。それをくんくんと嗅ぎまわしながら、順平は舌を伸ばしていく。

まずはぴったりと口を閉じている花びらの合わせ目を、下から上にツツーッと舐めあげていった。ツツーッ、ツツーッ、と執拗かつねちっこく、女の花を咲かせていく。

「うっくっ……うううううっ……」

千鶴は豊満なヒップを遠慮がちに振りたてながら、クンニリングスの刺激に溺れていった。

やはり彼女は、生来の多淫らしい。屈辱的な目に遭っているにもかかわらず、一分も経たないうちに新鮮な蜜が合わせ目の間から滲みだしてきた。

「濡れてきましたよ、奥さん……」

ククククッと喉を鳴らして笑いつつ、順平はクンニに没頭していった。左右の花びらを舌先でめくり、薄桃色の粘膜を露出させる。毛むくじゃらの外観と違って、ずいぶんと綺麗な色をしている。たっぷりと蜜をしたたらせた肉ひだの渦に、順平はヌプヌプと舌先を差しこんでいった。

「くぅうう！　くぅうううーっ！」

千鶴が身をよじる。いやいやをしているようでいて、感じていることを隠しきれない。順平は右手を上に向けて、彼女の股間に近づけていった。もちろん、中指で花びらの合わせ目をまさぐるためだ。

「はっ、はぁうううううーっ！」

中指の先がクリトリスをとらえると、千鶴の腰がビクンッと跳ねた。

そこはやはり、女の体の中でいちばん感度のいい官能のスイッチボタンなのだ。まだ包皮の上から軽いタッチで撫でているだけなのに、千鶴の身のよじり方は激しくなった。

「ああっ、お願いっ……お願いよっ……」

いやらしいほど上ずった声で哀願してくる。

「そこは許してっ……こんなところでそこを刺激するのはっ……ゆっ、許してください……」

「そんなに感じちゃうのかい？」

あの高慢ちきな女帝が敬語で哀願——順平はニヤニヤしながら返した。

「仕事中に事務室でイッちゃったりしたら、恥ずかしいよねえ、奥さん……恥ずかしすぎるよ……」

ささやきつつもクリを撫でる中指を動かしつづけたので、

「ううう……くうううっ……」

千鶴は言葉も返せず、うめきながら身をよじるばかりになる。

（こりゃあ、マジでイキそうだな……）

太腿の震え方が切迫していることに気づいた順平は、内心でほくそ笑んだ。たとえどんなシチュエーションでも、女を絶頂に導くのは男にとって快感だ。

とはいえ、簡単にイカせてしまうのも、それはそれで面白くなかった。そんなことくらいで溜飲がさがるほど、順平が受けた屈辱はぬるくない。猫トイレの掃除までさせられた恨みは、イカせたくらいじゃ消えやしない。

順平はポケットからあるものを取りだした。うずらの卵サイズの、ピンク色をした球体——ワイヤレス式の遠隔ローターである。

「なっ、なにっ？」

ローターを肉穴に埋めこむと、千鶴は怯えきった表情で振り返った。順平は涼しい顔で、彼女のパンティとコットンパンツを穿き直させ、立ちあがった。

「あんまりここでサボってるのもなんなんで、仕事しましょうよ、奥さん」

「でっ、でもっ……」

下半身の違和感にもじもじしながら、千鶴は困ったように眉尻を垂らす。

「でもへったくれもないんですよ。奥さん、いつも俺に言ってましたよね。品出しが雑だとか、だらだらやってるとか文句ばっかり……だったら、自分でやってみせてくださいよ、さあ……」

順平は怯えた顔の千鶴の背中を押し、事務室から出ていかせた。

2

客足が途絶える午後の時間帯にも、コンビニの店員には仕事がある。弁当やおにぎりが搬入されれば迅速《じんそく》に冷蔵の棚に並べなければならないし、他の棚にも商品を補充しなければならない。それがいわゆる「品出し」である。

「クククッ……」

順平は事務室の椅子にふんぞり返り、モニターで店内の様子を眺めていた。この店の女帝である千鶴が品出しをする光景も珍しいが、彼女の股間にはワイヤレス式の遠隔ローターが埋まっている。スイッチをオンにすれば球体が振動しはじめ、彼女の性感はしたたかに刺激される。クンニで充分に濡らしたあとだから、さぞや体の感度も高まっているに違いない。

(それじゃあ早速……)

順平は卑猥な笑みをもらしながらリモコンを握りしめ、スイッチをオンにした。だが、千鶴に変化はない。何度やっても反応はゼロだ。

充分に電波が届く距離のはずだが、遮蔽物《しゃへいぶつ》が多すぎるのかもしれない。

「まあ、せっかくだからモニター越しじゃなくて、生で鑑賞するか……」

順平は立ちあがって事務室を出ていき、レジに入った。店にはレジがふたつあり、もうひとつのレジの前にはおばさんがいた。いつでもぼんやりしている人で、客がいないときは窓の外をじーっと眺めている。順平は心の中で「お地蔵おばさん」と渾名《あだな》をつけていた。

一方、店内に眼をやれば、スナック菓子の棚の前で千鶴が品出しをしていた。バックヤードから籠《かご》に入れて持ってきた新しい商品を、次々と補充していく。整然と並べつつスピーディに作業を行なわなければならないのだが、千鶴にそんな余裕はないようだった。チラチラとこちらを見ているのは、自分の股間に埋めこまれているものがどういうものか理解しているからだろう。

（エロエロな女だからな、使ったことがあるのかもしれないぜ……）

といっても、自分がオーナー夫人として君臨している店の中では、使ったことなどあるわけがない。

それに、昨日わざわざ隣町の大人のオモチャ屋まで行ってそれを買ってきた順平も、ワイヤレス式の遠隔ローターなんて使ったことがない。どれくらいの威力があるのか想像すると、リモコンを握っている手が汗ばんでいく。

「あううっ！」

客のいない店内に、突然甲高い声が響き、お地蔵おばさんがビクッとした顔になった。

「どうかしましたか？　奥さん……」

声をかけたのは順平だ。自分でスイッチを押しておきながら、すっとぼけた態度だったが、お地蔵おばさんに疑惑をもたせるわけにはいかない。

「なっ、なんでもないの……」

千鶴はひどく上ずった声で返してきた。彼女がいる場所は棚の陰になっておばさんからは見えないが、順平からはよく見える。

「なんだかさっきから……しゃ、しゃっくりがとまらなくて……気にしないでちょうだい……」

千鶴はお地蔵おばさんにも聞こえるような声量で言った。

「はーい」

順平が間の抜けた声で返事をすると、おばさんも興味を失ったようで、再び窓の外に視線を戻した。しゃっくりとはナイスな言い訳を考えたものだと、順平は内心で笑みをもらす。

（それにしても……）

ほんの一瞬スイッチを押しただけなのに、想像以上のリアクションだった。声すら我慢できなかったなんて、どれほどの衝撃なのだろう？　もっと長い時間スイッチを押しつづけたら、いったいどうなってしまうのだろう？

「ぅんぐっ！」

千鶴が焦った顔で口を押さえた。もちろん、順平がスイッチを押したからである。一、二、三、四……と内心で数を数えはじめる。

「ぅぐっ！　ぅんぐーっ！」

千鶴はぎりぎりおばさんには聞こえない声で、鼻奥で悶えている。声をこらえているせいか、体の動きがおかしくなっている。壊れたロボットのように体中の関節をカクカクさせながら身をよじっていたが、やがてその場にしゃがみこんでしまった。

順平は十まで数えてローターのスイッチをオフにすると、レジから売り場に出ていった。お地蔵おばさんがこちらの動向を気にしていないことを横眼で確認しつつ、千鶴に近づいていく。

「なにやってるんですか？」

しゃがみこみ、千鶴の耳元で声をひそめる。

「ダラけてないで、もっとテキパキやってくださいよ」

「ううう っ……」

千鶴は悔しげに唇を噛みしめながらこちらを見てきたが、順平はきっぱりと無視して、彼女の腕を取って立ちあがらせた。

(品出しを続けるんだ……)

眼顔で命令しつつ、ポケットの中からローターのリモコンを取りだす。しゃがみこめないように千鶴の腕を取ったまま、スイッチを入れ、断続的に股間に振動を送りこんでやる。

「ぅんぐっ！　ぐぐっ……」

千鶴は手で口を押さえているが、鼻奥から悶え声が出てしまうことまではどうすることもできない。お地蔵おばさんの耳にまでは届かない声量だったので、順平はローターのスイッチのオンオフを執拗に繰り返した。しゃがみこむこともできない千鶴は、腰をくねらせる滑稽なダンスを踊るしかない。

(こんな状況でも感じているならたいしたもんだがな……)

千鶴は美しい顔を歪めに歪め、額を脂汗で光らせていた。苦しげに眉根を寄せているものの、女の苦しげな顔は感じているサインでもある。

「事務室に戻りましょう、奥さん……」

順平は千鶴の耳元でささやくと、バックヤードにうながした。順平もあとに続く。相変わらず店内に客はいなかったが、なにかあればお地蔵おばさんがチャイムを鳴らすことだろう。


事務室に入ると、順平は再び鍵をかけた。

「もっ、もう許してっ……」

千鶴は精根尽き果てたとばかりに事務机に両手をつくと、ハアハアと肩で息をしながら言った。

「エッチなことがしたいなら、外でいくらでもすればいい。でも、お店では……お店ではこれ以上やめてちょうだい……」

「ふふんっ……」

順平は鼻で笑った。

「俺はべつに、奥さんとエッチなことがしたいわけじゃないですから」

「じゃあ、どうして……」

「これは下僕扱いされた復讐なんです。だから、奥さんが嫌がれば嫌がるほど、それをしたくなる。復讐なんだから当然でしょう？」

「ううっ……」

千鶴は顔をそむけることしかできない。

「恨むなら、やりたい放題やっていた過去の自分を恨むんですね。コンビニのバイトに雇っておいて、猫トイレの掃除とか犬の散歩とか、常識的にあり得ないですから」

順平は非情に言い放つと、ふっと表情をゆるめた。

「そうは言ってもまあ、これ以上店内でワイヤレスローターを使うのは勘弁してあげますよ。取ってあげますから、ズボンとパンティをさげてください」

「じっ、自分で取れます……」

千鶴はすがるような眼を向けてきた。

「自分で取れますから、トイレに行かせて……」

「ズボンとパンティをさげろと言っているんですがね」

順平が語気を強めると、

「ううっ……」

千鶴には抗《あらが》う術もなく、淡いベージュのコットンパンツとパンティをめくりさげ、鏡餅のように白く豊満な尻を突きだしてきた。

「ククッ、いいざまだよ……」

順平は勝ち誇った気分で千鶴の尻を撫でた。コットンパンツ越しにも丸みが際立つ極上の触り心地だったが、生身となると手のひらに吸いついてくるような餅肌の感触がたまらない。

ひとしりきり撫でまわしてから、桃割れをぐいっとひろげてローターを抜いた。ピンク色の球体は蜜でネトネトに濡れ光り、発情したメスのフェロモンまでたっぷりとまとっていそうだった。

とはいえ、抜き去ったローターを愛《め》でている場合ではなかった。順平はすかさず人差し指と中指を、ローターのかわりに肉穴にずぶっと埋めこんだ。

「はっ！　ぐぐぐうっ……」

千鶴はなんとか声をこらえたものの、尻肉と太腿をぶるぶると震わせた。こういう展開は考えていなかったのかもしれないが、だとしたら大甘だと言うほかない。遠隔ローターで辱められたくらいで許されるほど、彼女の犯した罪は軽くないのだ。

「ぐぐっ……ぐぅううっ……」

千鶴は立ちバックの体勢で、激しく身をよじった。ローターにはローターのよさがあるのだろうが、やはり指のほうが刺激が強いに違いない。

順平はまず、二本指でじっくりと肉穴の中を掻き混ぜた。クンニからのローター責めで嬲《なぶ》り抜かれた女の器官は、ひどく濡れていた。しかも熱い。内側のひだが、淫らな熱気を放ちながら指にからみついてくる。

「あああっ……はぁあああっ……」

ぐりんっ、ぐりんっ、と二本指をまわすリズムに合わせ、千鶴の腰も動きはじめる。ここまでされればどれほど貞淑な人妻でも感じないわけがないが、彼女の場合は生《き》っ粋《すい》のドスケベだ。感じてはいけないと思えば思うほど、体が反応してしまうのかもしれない。

もちろん、順平の狙いもそこにあった。これが昨日からの行《い》って来《こ》いなら、口内射精のお返しにイカせてやるのは当然のこと。すぐにイカせてやるほど甘くはないが、もはや機は熟している。多淫な彼女も満足するくらい、強烈な絶頂に導いてやらねばならない。

「くっ、くぅうううーっ！」

千鶴が鼻奥で悶え泣いたのは、順平の指の動きが変化したからだ。肉穴の中を掻き混ぜる動きから、二本指の抜き差しにシフトチェンジ——しかも、二本指を鉤状《かぎじょう》に折り曲げ、指先をＧスポットの凹《へこ》みに引っかけている。奥で分泌した大量の蜜を掻きだすように指を動かせば、千鶴はたまらないはずである。

「ぅんぐっ！　ぅんぐぅぅぅぅーっ！」

両手で口を押さえていても、豊満な尻肉と太腿の震えはとまらない。ぶるぶるっ、ぶるぶるっ、と小刻みに痙攣させせては、腰までくねらせはじめる。

神聖な職場で辱めを受け、千鶴だって腰など動かしたくないだろう。だが、動いてしまう。ぬんちゃっ、ぬんちゃっ、と粘りつくような音をたてて二本指を抜き差しするほどに、尻と太腿の痙攣が全身に伝播《でんぱ》していく。

「ぅんぐっ！　ぅぐぐっ！」

千鶴がこちらを振り返った。口を押さえながら、切羽つまった眼つきで首を横に振っている。

イッてしまいそうなのだろう。二本指をぎゅうぎゅうと締めつけてくる肉穴の感触から、順平も手応えを感じている。

「ぅんぐっ！　ぅんぐぐっ！」

いくら首を横に振っても、千鶴だって迫りくる絶頂から本気で逃れたいわけではない。むしろ、喉から手が出そうなほどそれが欲しいはずだ。新鮮な発情の蜜を内腿まで垂らしているのが、なによりの証拠である。

「イッていいですよ、奥さん……」

順平はやさしげに声をかけた。憎んでも憎みきれない天敵でも、イキそうになっている女は可愛いものだ。

だが、そのとき――。

シャラランー、とチャイムが鳴った。「レジに人が足りない」というメッセージのチャイムだった。コンビニは客をレジに並ばせるのをよしとしないから、レジに人が足りないとすぐにヘルプのチャイムが鳴るのである。

（いつの間にそんなに客が来たんだ……）

午後の暇な時間に、このチャイムが鳴るのは異例のことだったので、お地蔵おばさんが間違って鳴らしたのだろうと順平は考えた。それに、二人や三人の客なら、並ばせておけばいいのである。

「ほら、奥さん……早くイッてください……」

順平は二本指の動きに熱をこめ、Ｇスポットを集中的にぐりぐりと刺激した。

千鶴はひいひいと喉を絞ってよがり泣き、栗色の長い髪を振り乱してあえいでいる。肉穴にはもはやしたたるほどに蜜があふれ、ちょっと指を動かすだけでぐちゅぐちゅと音がたつ。

「すいませーん！　レジお願いしまーす」

お地蔵おばさんの声がした。バックヤードのドアを開けて叫んでいる。本当にそんなに混んでいるのか？　と順平はイラッとした。

「順平くーん、レジお願いよー」

「あー、いまイキますっ！」

しかたなく、順平は大声で返した。バックヤードの出入り口から事務室までは多少の距離があるから、こちらの気配までは伝わらないだろう。

「いまイキますっ！　いまイキますっ！」

順平は大声で繰り返しながら、二本指の出し入れのスピードをフルピッチにまで高めた。蜜まみれの肉穴が、ぎゅうぎゅうと指を食い締めてくる。それに抗うように、二本指を熱烈に抜き差しする。

「いまイキますっ！　いまイキますっ！」

「ぐぅうううーっ！　ぐぅうううううーっ！」

ビクンッ、ビクンッ、と腰を跳ねあげて、千鶴は絶頂に達した。次の瞬間、ポタポタポタッ……となにかが垂れてきた。肉穴から二本指を抜くと、もっと盛大にあふれてきて足元に水たまりができた。

「ああっ、いやっ……いやあああっ……」

絶頂に達した瞬間、千鶴は失禁してしまったらしい。

3

その日、順平のシフトは午後六時までだった。いつも通りである。千鶴が同じころ店をあがるのも、通常運転と言っていい。夜の時間帯には彼女の夫――オーナーがやってくる。

（ふふふっ、お楽しみはこれからだな……）

自宅に戻った順平は部屋の中を軽く掃除し、布団カバーとシーツを洗濯済みのものに替えた。それからシャワーを浴び、冷えたビールを喉に流しこむ。

いつもなら、お気に入りのＡＶでも再生するところだが、今日は違う。千鶴が来ることになっている。事務室で失禁するほど激しい絶頂に達した彼女をその場で犯してもよかったが、「それだけは許して」と涙眼で哀願されたし、レジに入ってくれというチャイムも鳴りやまなかったので、バイトが終わってから会うことにしたのである。

悪くない展開だった。

コンビニの店内で千鶴を辱めるのも興奮するが、最後までするのなら密室で落ちついてしたい。ワイヤレス式遠隔ローターまで使ったプレイの興奮は、そう簡単に冷めやらなかったし、考えてみればこの町に戻ってきて一年以上も女日照りが続いているのだ。今日という今日はいままで溜まった鬱憤を晴らし、精液がすっからかんになるまで腰を振りつづけてやる。

ピンポーンと呼《よ》び鈴《りん》が鳴った。待ってましたと玄関に飛んでいってドアを開けると、千鶴が身をすくめて立っていた。

「本当に……ここに住んでいたのね？」

「そんな嘘ついてもしょうがないでしょ。さあ、どうぞどうぞ……」

順平は千鶴を部屋の中に招き入れた。

この民泊施設は四階建てで、最上階だけには客室はなく、順平のプライヴェート空間になっている。部屋の間取りは他と同じ２ＤＫだが、家財道具が少ないので室内はガランとしており、殺風景と言ってもいいくらいだ。

（いちおう着替えてくるところが女らしいな……）

部屋にあがってきた千鶴を、順平は上から下までゆるりと眺めた。コンビニにいたときはラフなパンツスタイルだったのに、黒地に赤い花柄のワンピースを着ていた。羽織っているのは黒いレースのボレロ——ちょっとした会食にでも行けそうなドレッシーさである。

しかも、コンビニにいたときとは、なんだか様子が違った。化粧を直し、より濃いめにしてきたせいもあるかもしれない。ただでさえ色っぽい雰囲気なのに、いまはより妖しく、扇情的ですらある。

（なるほどな……）

店内での狼藉《ろうぜき》には涙ぐんでいた彼女も、男と密室でふたりきりになるのには慣れているのだ。年下の男を誘惑し、骨抜きにするのは、むしろ彼女の得意とするところであり、その横顔には「今度はわたしが翻弄《ほんろう》する番よ」と書いてある気がするほどだった。

どうやら、その見立ては間違っていなかったらしい。

部屋に入ってきてまだ会話もろくに交わしていないのに、千鶴はボレロを脱ぎ、ワンピースのホックをはずしてファスナーをさげた。

（うおおおおっ……）

ワンピースが床に落とされると、順平は眼を見開いて息を呑んだ。

ワインレッド、コーラルピンク、紫のスケスケと、彼女の下着はいつもカラフルだが、いまは黒だった。男好きするグラマラスなボディを黒いブラジャーとパンティで飾りたて、おまけにガーターベルトでセパレート式のストッキングまで吊っている。

（のっ、悩殺的すぎるだろっ！）

三十六歳のグラマーボディに黒いセクシーランジェリーというだけでもお色気爆発なのに、ガーターベルトまでしてくるとは驚きである。千鶴はやはり、順平を骨抜きにするつもりでここに乗りこんできたのだ。

「寝室はこっち？」

千鶴は眼を合わせずに言うと、奥の部屋に入っていった。先ほどカバーとシーツを替えたので、布団は敷いてあった。悩殺ランジェリーの人妻を抱くのに、ベッドではなく布団というのがいささか残念だった。

（次までに、キングサイズのベッドでも買ってやろうかな……）

ニヤニヤと卑猥な笑みをもらしながら、順平は千鶴の後を追った。

部屋には蛍光灯がついていたが、千鶴がスイッチの紐を引っぱってオレンジ色の常夜灯にした。勝手なことをするんじゃない！　とイラッとしたが、部屋の雰囲気が一気に淫靡になったので文句も言えない。

「ずいぶんエロい下着を着けてるじゃないですか……」

順平は千鶴を眺め、苦笑まじりに言った。

「やる気満々、って思っていいわけですね……」

千鶴は言葉を返してこなかった。順平が言い終わる前に胸に飛びこんできた。こういう状況になった以上、もう言葉はいらない、ということか。

ならば、と順平は抱擁に応えた。悩殺ランジェリー姿の人妻の抱き心地は、いやらしさが倍増、しかも千鶴はとびきりのグラマーだ。ワンピースを脱いだ瞬間から勃起していた男根が、ズボンの中でズキズキと脈動を刻みはじめる。

「……ぅんんっ！」

唇が重なりあい、舌をからめあう。千鶴の舌は長く、順平の舌にまとわりついてきた。そのうえ唾液の分泌量が多いから、ネチャネチャといやらしい音がたつ。舌を離せば、唾液がねっちょりと糸を引く。

唾液の量が多いのに加えて、舌が長いのも多淫である証《あかし》のような気がした。おまけに千鶴は、自分から積極的かつ情熱的にキスに没頭していく。セクシーランジェリーでこちらの度肝を抜いた勢いのまま、イニシアチブを握ってしまおうという思惑が見えみえである。

（クククッ、そうはいかないぞ……）

並みの男なら溺れてしまいそうな人妻の濃厚なキスも、順平には通用しなかった。千鶴は恋人でもなければ、セフレですらない。煮え湯を飲まされつづけた天敵に天誅《てんちゅう》を加えるために部屋に呼んだのに、いつまでも彼女のペースに付き合っているわけにはいかない。

「……あんっ」

キスを中断した順平は、千鶴を布団の上に押し倒した。普通なら添い寝の体勢でキスを続けたり、イチャイチャしたりするのだろうが、順平が陣取ったのは彼女の両脚の間だった。

「ちょっ……まっ……」

いきなりクンニなの？　と言わんばかりに困惑している千鶴の両脚を、順平はM字に割りひろげた。内心でほくそ笑んでいた。クンニはクンニでも、スペシャル・エクストリーム・ヴァージョンだ。

「いっ、いやっ！」

背中を丸めこんでいくと、千鶴は焦った声をあげた。両脚をひろげたまま体を逆さまに押さえこむ、マングり返しの体勢である。

「やっ、やめてっ！　いやよ、こんな格好っ！　いやあああーっ！」

千鶴は悲鳴をあげ、手足をジタバタさせて抗議してきたが、順平はきっぱりと無視した。

国道沿いに建っているこのマンションの防音は完璧だから、どれだけ大声を出しても問題ない。これは相手を気持ちよくしてやるセックスではない。天敵への天誅なのだから、いやだと言うことこそやらなければならないのである。

「いい眺めですよ……」

順平は舌なめずりをしながら、千鶴の股間と顔を交互に見た。黒いパンティがぴっちりと食いこんでいる股間は、レースの生地《きじ》に覆われてなお、むんむんとメスの匂いを放っている。その一方、世にも恥ずかしい格好に押さえこまれて、美貌は歪みに歪んでいる。

順平は鼻からたっぷりと息を吸い、メスの匂いを堪能しながら、パンティのフロント部分に指を引っかけた。ぐいっと片側に寄せていけば、野性的に茂った黒い草むらと、それに埋もれているアーモンドピンクの花びらが見える。

「くぅううっ……」

千鶴は唇を噛みしめて顔をそむけた。コンビニで女帝のように振る舞っている彼女は、セックスのときも年下の男をリードしている。どんなときでも、自分ファーストでないと我慢ならない身勝手な女なのである。

だが、弱味を握られているいまは違う。順平に逆らえば、彼女は身の破滅となる。なにを要求されても、甘んじて受け入れるしかない。

「むううっ……」

順平は黒々と茂った草むらに鼻を近づけてひとしきり匂いを嗅ぎまわすと、舌を差しだしてアーモンドピンクの花を舐めた。草むらの奥にいくほど淫らな湿気が充満し、花びらはヌルヌルに濡れていた。

昼間、コンビニの事務室で失禁するほどイカせてやったからだろうか？　あるいはもっと刺激的ななにかを期待して、グラビアモデルさながらのガーターストッキングなんて着けてきたのか？

いずれにしろ、今夜は熱い夜になりそうだ。

4

「あううっ……うっくっ……くぅううーっ！」

千鶴がくぐもった声をもらして身をよじる。股間を這いまわる舌の動きに呼応してのことだが、マンぐり返しの体勢に押さえこまれていては、自由に身をよじることはできない。ひしゃげた声を撒き散らすのがせいぜいである。

「ククク ッ、すごい濡れ方じゃないですか？　そんなに俺とオマンコしたかったんですか？　ああーん？」

発情の蜜にまみれた唇を意地悪げに歪めて、順平はささやきかけた。

「そっ、そんなわけないでしょ！」

千鶴は顔をそむけたが、眉根を寄せ、眼の下をねっとりと紅潮させた表情からは、生々しい欲情しか伝わってこない。

「まあ、そうですよね。下僕のような男とオマンコしたいなんて、奥さんだって思いませんよね。俺も同じですよ……」

順平は意味ありげな笑みを浮かべると、敷き布団の下に手を伸ばした。

昨日、隣町にある大人のオモチャ屋で買い求めたものは、ワイヤレス式の遠隔ローターだけではなかった。それを先ほど、カバーやシーツを替えたときに、敷き布団の下に隠してあった。

「なっ、なにっ……」

欲情に紅潮していた千鶴の顔が、にわかに凍りついた。順平の右手に握られているものを見たからだった。表面にイボイボのついたヴァイブだった。色はラメの入った紫で、見るからに強力そうだ。

「あんたの腐れオマンコなんて、これで充分なんだよ」

順平は積年の恨みを込めて、千鶴を睨みつけた。

「人を下僕扱いしておいて、まともに女扱いしてもらえると思ったら大間違いなんだからな」

ヴァイブの切っ先を濡れた花園にあてがうと、

「やっ、やめてっ！」

千鶴はいまにも泣きだしそうな顔で首を横に振った。

「そっ、そんなもの入れないでっ……お店で使ったローターだって、頭がおかしくなりそうだったのに、そんな大きなものっ……」

彼女の焦り方は、演技ではないようだった。ヴァイブを使用したことがないのかもしれない。ローターくらいはお遊びで使っても、男根をかたどった疑似ペニスになど、興味がないのだ。彼女の美貌と色気をもってすれば、生身の男根がいくらでも寄ってくるのだから……。

「はううっ！」

切っ先をずぶりと埋めこむと、千鶴は甲高い悲鳴を放った。といっても、痛みや違和感があったわけではないだろう。彼女はもう充分に濡れているし、その証拠に、ずぶずぶと浅瀬に出し入れすることができる。動きは呆れるほどスムーズで、奥まで入れて、という肉穴のおねだりまで聞こえてきそうだ。

「やっ、やめてっ……やめてくださいっ……」

千鶴がいくら悲愴感たっぷりに哀願しても、浅瀬のピストン運動はスムーズになっていくばかりだった。勢い、さらに奥まで入れてしまう。全長の半分ほどを埋めこんで、順平はしつこくヴァイブを動かした。もちろん、まだ本気の抜き差しではない。本気など出さなくても、多淫の人妻の美貌はもう真っ赤だ。

「ああっ、やめてっ……許してっ……」

「クククッ、本当は奥まで欲しいんでしょ？」

「欲しくないっ！　欲しくありませんっ！」

抗う言葉とは裏腹に、千鶴が感じているのはあきらかだった。ストロークを大きくしてヴァイブを抜き差しすれば、ずちゅっ、ぐちゅっ、と卑猥な肉ずれ音がたつ。肉穴の奥で、新鮮な蜜があふれているなによりの証拠である。

「ほーら、もっと奥まで入れますよ……」

ヴァイブをえぐりこむように操って根元まで挿入すると、

「はっ、はぁうううううーっ！」

千鶴は悲鳴をあげたが、ヴァイブを根元まで入れたくらいで音《ね》をあげてもらっては困る。順平はヴァイブのスイッチを入れ、疑似男根を振動させた。さらにパンティを使って、抜けないように細工する。クロッチの部分をヴァイブの底にあてれば、不安定ながらも簡単には抜けなくなる。

「はぁううううーっ！　はぁうううううーっ！」

千鶴は眼を白黒させて悶絶した。振動するヴァイブの刺激は、たまらないようだった。歪んだ美貌がみるみる生々しいピンク色に染まっていき、額が汗で濡れ光りだす。ともすればこのままイッてしまいそうな勢いだったが、それにはまだ早い。

順平はマングり返しの体勢を崩した。千鶴を四つん這いにして前にまわりこむと、急いで服や下着を脱いだ。膝立ちになり、悶絶している美女の口唇にそそり勃った男根の切っ先を突きつけていく。

「ええっ？　ええっ？」

千鶴は困惑しきりだったが、順平はかまわず、彼女の口唇に男根を埋めこんでいった。発情しきった千鶴の口内は唾液にまみれて生温かく、気が遠くなりそうな心地よさが訪れる。一瞬、鼻の下を伸ばした間抜けな顔になりそうになったが、心を鬼にして千鶴を睨めつける。

「自分ばっかりよがってないで、こっちも舐めてくださいよ」

「ぅんぐっ！　ぅんぐっ！」

千鶴は亀頭を咥えたまま、小刻みに首を振った。ヴァイブの刺激を受けとめながらフェラなどできないと言いたいようだったが、そんな甘えは許されない。

「舐めてくださいって言ってるんですがね！」

順平は語気を荒らげると、千鶴の頭を両手でつかんだ。勃起しきった男根を根元まで咥えこませ、腰を使ってピストン運動を開始する。高慢ちきな女帝の口唇を、イラマチオでずぼずぼと穿ちはじめる。

「ぅんぐうっ！　ぅんぐうううううーっ！」

千鶴は美貌を真っ赤に燃やし、大粒の涙をボロボロとこぼした。

イラマチオなら、昨日もやっている。口内射精まで決めてやったが、今回は下の穴にもヴァイブを咥えこまされているのだ。千鶴はただ息苦しいだけではなく、快楽にも翻弄されている。それも愛にコーティングされた甘い刺激ではなく、疑似男根の人工的な振動によって、熟れた性感を揉みくちゃにされているのだ。

（たまらないみたいだな……）

千鶴は苦悶の表情で涙がとまらないようだったが、間違いなく感じていた。四つん這いになった腰をいやらしいくらいにくねらせているのだから、感じていないとは言わせない。

「ぅんぐっ！　ぅんぐっ！」

汗と涙でぐちゃぐちゃになった顔をさらに切迫させ、千鶴が順平の腰を叩いてきた。やめて！　という哀願だったが、なぜやめてほしいのかと言えば、このままイッてしまいそうだからだろう。

イラマチオで責められながら絶頂に達する三十六歳の美しい人妻――ＡＶさながらの刺激的なシチュエーションに、順平は全身の血が沸騰しそうなくらい興奮した。千鶴がいくら腰を叩いてきてもイラマチオをやめる気にはなれず、むしろますます熱を込めて口唇をえぐっていく。

「ぅんぐっ！　ぅんぐぅぅぅぅぅぅぅぅーっ！」

千鶴がひときわ激しく鼻奥で悶え泣き、白眼を剝きそうになった。もはや順平の腰を叩くこともできず、こちらを見上げることさえできない。

「ぅんぐぅぅぅぅーっ！　ぅんぐぅぅぅぅぅぅぅーっ！」

四つん這いになったグラマーボディをしきりによじらせて、喜悦《きえつ》の海に溺れていく。イラマチオの息苦しさに悶絶しつつも、迫りくるオルガスムスの高波から逃れることはできない。

「イッちゃうんですか、奥さん？　こんな辱めを受けてるのに、イクのを我慢できないんですか？」

順平が言い放った次の瞬間、

「ぅんぐぅぅぅぅぅぅぅーっ！」

ビクンッ、ビクンッ、と腰を跳ねさせて、千鶴は絶頂に達した。眼をつぶり、眉根を寄せた美貌には苦悶と恍惚《こうこつ》が交錯し、この世のものとは思えないほど鮮烈なエロスを放射していた。

5

　うつ伏せで倒れてしまった千鶴の後ろにまわりこんだ順平は、肉穴に埋まっているヴァイブを抜いた。表面のイボイボもおぞましい紫色の疑似男根のスイッチを切り、いい仕事をしてくれたな、と胸底で礼を言う。

「なに勝手にイッてるんですか？」

　うつ伏せでハアハアと息をはずませている千鶴に、順平は吐き捨てた。

「俺はあんたのセフレじゃないんですよ。奥さんは口止めのために、俺に体を差しだしているんでしょ？　立場を考えてくださいよ。あんたが俺に奉仕するのが当然なのに、これじゃあ俺が奥さんにサービスしてるみたいじゃないですか。違いますか？」

「……意地悪言わないで」

　千鶴が顔をあげ、ねっとりと潤んだ瞳を向けてくる。アクメの余韻がありありと残ったその表情に、順平の心臓はドキンとひとつ跳ねあがった。

（やっぱ、見た目だけならマジで極上の女だな……）

　顔立ちが整っているだけではなく、巨乳にしてグラマーなだけではなく、千鶴は色気がすごい。とくにいまのようなイッたばかりの状況となれば、むせかえりそうなセクシーさを放射している。

（もう我慢する必要はないな……）

下僕扱いされたリベンジとして、赤っ恥ならさんざんかかせてやった。まだまだ恨みは晴れないけれど、そろそろこちらがすっきりさせてもらってもいいだろう。

順平は千鶴のパンティを脱がせた。ガーターストッキングを吊りあげるストラップの上から穿いていたので、パンティだけを脱がすことができた。

「ほら、しっかりしてくださいよ」

千鶴のくびれた腰をつかんで引っぱり、あらためて四つん這いにする。

彼女を犯すのなら、バックスタイルしかないと思っていた。よがり顔が見られないのは残念だが、獣のメスのように這わせた格好で後ろから突きまくれば、支配欲が充分に満たされるだろう。人を下僕扱いしてきた高慢ちきな女を犯すには、もっとも相応《ふさわ》しい体位である。

「ゴムがないですが……」

順平は千鶴の尻に腰を寄せていきながら言った。

「生で入れて、中で出しても大丈夫ですよね？　奥さん、きっちり避妊してるでしょ？」

人妻の分際で、複数の若い男と肉体関係を結んでいるからには、その点に抜かりはないはずだった。ピルを飲んでいるか、避妊リングを入れているか、いずれにしろ、生で中出しでもトラブルは起こらないだろう。

「どうなんです、奥さん？」

「だっ、大丈夫……」

千鶴は顔を伏せたまま、蚊の鳴くような声で言った。

「ミレーネ入ってるから……」

やはり、と順平はほくそ笑んだ。ミレーネは避妊リングの一種である。これで心置きなく中出しを決められるというわけだ。

（いい尻だ……）

順平は鏡餅のように白く豊満な尻をまじまじと眺め、

「いきますよ……」

勃起しきった男根を握りしめると、切っ先を濡れた花園にあてがった。イッたばかりの女陰《にょいん》は発情の蜜に濡れまみれ、熱く疼《うず》いていた。亀頭に伝わってくる妖しい熱気に誘われるように、順平は腰を前に送りだしていく。

ずぶっ、と切っ先が割れ目に埋まると、

「んんんーっ！」

千鶴はくぐもった声をもらし、四つん這いの体を小刻みに震わせた。ヴァイブでイッたばかりだから、感度が高まっているようだった。

「むうぅっ……」

順平は千鶴のくびれた腰を両手でしっかりつかみ、ずぶずぶと奥に侵入していった。千鶴の中はよく濡れていた。そして熱かった。男根を根元まで入れると、まだ動いてもいないのに、体の芯が疼いてしようがない。

とはいえ、いきなり動きだすのも野暮というものだろう。

千鶴はまだ、ブラジャーをしていた。順平は背中のホックをはずし、脱がせた。両手を後ろから伸ばしていき、胸のふくらみをすくいあげれば、量感たっぷりの推定Iカップの巨乳がもちもちした触り心地を伝えてくる。男の手にも余る大きな隆起に感嘆しつつ、指先をぎゅうっと乳肉に食いこませていく。

「あああっ……」

乳首をつまんでやると、千鶴はせつなげな声をもらした。巨乳は感度が鈍いなどという俗説もあるが、少なくとも彼女は違うらしい。コチョコチョ、コチョコチョ、とくすぐりまわせば、身をよじりはじめた。深々と男根を埋めこんだヒップも振りたててきたので、順平もじっとしていられなくなった。

「気持ちよさそうですね？　さすがドスケベ奥さんだ……」

悪態をつきつつ、両手をくびれた腰に戻す。大きく息を吸いこみ、胸いっぱいに新鮮な空気を溜めこんでから、まずはゆっくりとピストン運動を開始した。ぬちゃっ、くちゃっ、と抜き差しのたびに粘っこい音がたつほど、千鶴の肉穴は濡れていた。にもかかわらず、締めつけがすごい。

いや、締めつけというより、内側の濡れた肉ひだが、男根にからみついてくるようだった。まるで奥へ奥へと引きずりこもうとするかのように、肉ひだの一枚一枚が吸いついてくる。

「むううっ……」

必然的に、順平の腰使いにも熱がこもった。動きだして一分と経たないうちにピッチがあがり、パチーンッ、パチーンッ、と豊満な尻肉を打ち鳴らして強烈なストロークを打ちこんでしまう。

そうなるともう自分を制御することができず、あっという間にフルピッチの連打になった。巨尻を打ち鳴らす音も、パンパンッ、パンパンッ、と高まっていく。

「あううっ！　はぁううううーっ！　はぁうううううーっ！」

勢いをつけて最奥《さいおう》を突かれた千鶴も、いよいよ本気でよがりはじめた。順平が送りこむリズムを、突きだした巨尻でしっかり受けとめつつ、四つん這いの身をよじる。栗色の長い髪を振り乱しながら、淫らに歪んだ甲高い悲鳴をこれでもかと撒き散らす。

たまらなかった。これほど充実したセックスをしたのは、もしかしたら生まれて初めてかもしれなかった。

とはいえ、千鶴は恋人でもなければ、セフレですらない。天敵に仕返しをしているはずなのに、夢中になっている自分に戸惑う。弱味を握られて無理やり犯されているはずの千鶴が、肉の悦《よろこ》びに溺れているのもなんだかおかしい。これではまるで、こちらが彼女を悦ばせているみたいではないか。

（ちくしょう、まったく恥知らずな淫乱人妻だぜ……）

セックスしながらこの女を辱めるなにかいい方法はないかと、順平が思考を巡らせはじめた瞬間だった。

「ああっ、いやっ……いやいやいやいやあああああっ……」

千鶴が身をよじりながら振り返った。いまにも泣きだしそうな切羽つまった顔で、腰を振っている順平を見つめてくる。

「イッ、イキそうっ……もうイッちゃいそうっ……」

いやらしいほど上ずった声で言った。

「ねえ、イカせてっ……このままイカせてっ……」

年上の人妻をここまで追いつめ、高慢ちきな女帝に絶頂をねだらせるなんて、男冥利《おとこみようり》に尽きるのかもしれなかった。しかし順平の感情のメーターは、怒りの方向に針を振りきった。

「ふざけんなっ！」

怒声をあげ、衝動的に千鶴の尻を叩いていた。スパーンッ！　とサディスティックな打擲音《ちようちやくおん》をたてて、グラマラスな巨尻を……。

「ひいいっ！　なっ、なにをっ……」

千鶴は悲鳴をあげ、順平を睨んできたが、

「自分勝手なことばっかり言うんじゃない！」

順平は鬼の形相で睨み返した。

「さっきも勝手にイッたっていうのに、またイキたいのか？　ドスケベなのはしょうがないが、少しは我慢してみたらどうなんだ！」

スパーンッ！　スパパーンッ！　と巨尻に平手打ちの連打を浴びせる。順平にスパンキングプレイの経験はなく、ＡＶで観たことがあるだけだったが、激しく興奮してしまった。

千鶴が興奮していたからだ。それまでも四つん這いの身をよじってよがり泣き、絶頂までねだってきた彼女だったが、ギアが一段あがった感じだった。

「ひいいいーっ！　ひぃいいいいーっ！」

尻を叩くたびに悲鳴をあげているものの、大量に分泌させた発情の蜜が、玉袋の裏まで垂れてきている。ピンク色に染まった背中に汗の粒がびっしり浮かび、必死になって両手でシーツを握りしめている。

スパーンッ！　スパパーンッ！　と順平は千鶴の尻を叩いた。天敵への制裁、高慢ちきな女帝へのお仕置きという意味で、これ以上のプレイはないかもしれない。

「どうだっ！　どうだっ！」

ぐいぐいと腰を振りたてながら四つん這いに這わせた人妻の尻を叩くほどに、

勃起しきった男根が限界を超えて硬くなっていくのを感じた。黒いガーターベルトが巻かれた腰をつかんで連打を放てば、ずちゅぐちゅっ、ずちゅぐちゅっ、と汁気の多い音がたつ。彼女が漏らしている発情の蜜は、順平の内腿まで濡らしている。

「あぁっ、いやっ！　いやいやいやあぁあーっ！」

千鶴が栗色の長い髪をざんばらに振り乱した。

「イッ、イッちゃうっ！　もうイッちゃうっ！」

「尻を叩かれながらイクのか？　いったいどこまでドスケベなんだ？　尻を叩かれて気持ちいいのか？」

「そっ、そんなこと言われてもっ……わっ、わたしもうっ……もう我慢できないいいいーっ！」

一瞬ぎゅっと硬直した四つん這いの体が、バネが切れたからくり人形のようにはじけた。ビクンッ、ビクンッ、と腰を跳ねさせ、全身から淫らなオーラを放射する。

「イッ、イクッ！　イクイクイクイクーッ！　あぁあああああーっ！　はぁああああああーっ！」

体中の肉という肉をぶるぶると痙攣させて、千鶴はオルガスムスに駆けあがっていった。ひいひいと喉を絞ってよがり泣き、何度も何度も腰を跳ねあげる彼女は、まさにエロスの化身だった。こんなにも激しくオルガスムスに達する女を、もちろんいままで抱いたことがなかった。

第三章　マドンナの失墜

1

ちょっと前まで憂鬱だったコンビニのバイトが、いまや天国になった。

それもそのはず、オーナーの妻として偉そうに振る舞っていた女帝・千鶴が、なんでも順平の言いなりなのである。しゃぶれと言えばペニスをしゃぶり、やらせろと言えばスカートをめくって生の巨尻を差しだす。

「むうっ！　むううっ！」

その日も順平は、事務室で立ちバックを決めていた。人としては最低な千鶴だが、体だけは最高なので、いくらやってもやり飽きない。女日照りで渇いていた順平の心身も、彼女のおかげでずいぶんと潤った。

「ああっ、いやっ……イッ、イッちゃうっ……またイキそうっ……」

「イケばいいじゃないですか」

「でっ、でもっ……でもおっ……」

プライドの高い千鶴は、いつだって屈辱にまみれながら順平のペニスを受け入れている。だが、彼女の熟れた性感は、刺激されればすぐに高まり、発情の蜜をしとどに漏らしながら絶頂に向かっていく。

そのこともまた、千鶴のプライドをしたたかに傷つけているようだった。

若い男を次々と食いものにしている性欲モンスターなくせに、自分ではやりまんとも淫乱とも思っていないのだ。弱味を握られて犯してくる男のペニスで、イキたくなどないのである。

「ああっ、ダメッ……ダメようっ……」

それでも千鶴はイッてしまう。どれだけ屈辱にまみれようが、事後に深い自己嫌悪に陥ることがわかっていようが、目の前の絶頂を逃すことなんて彼女にはできない。

パンパンッ、パンパンッ、と尻を鳴らして怒濤《どとう》の連打を送りこんでやれば、

「ああっ、ダメッ……ダメダメダメッ……イッ、イッちゃうっ……イッちゃうううう一っ！」

ビクンッ、ビクンッ、と腰を跳ねあげてオルガスムスに駆けあがっていく。

「なに勝手にイッてるんですか！」

順平は激しく連打を送りこみながら、スパーンッ！　スパパーンッ！　と尻の双丘を手のひらで叩く。

搗《つ》きたての餅のように真っ白い肌が真っ赤に染まるまで容赦なく平手打ちしてやれば、千鶴はすぐに次の絶頂を目指しはじめる。高慢ちきな女帝に、こんなにもスパンキングプレイが嵌《は》まるなんて、夢にも思わなかった。

「ああっ、やめてっ！　そっ、そんなにしたらまたっ……またイッちゃうっ……続けてイッちゃうううううーっ！」

「むううっ！」

連続アクメで締まりを増した肉穴の感触が、順平のことも追いつめていく。男根の芯が熱く疼《うず》きだし、射精の予感がこみあげてくる。

「こっ、こっちもだっ……こっちも出すぞっ……」

限界を超えて硬くなった男根で、フィニッシュの連打を送りこんだ。パンパンッ、パンッ、という尻を鳴らす音とスパンキングの打擲音《ちょうちゃくおん》、さらに尻を叩くたびに千鶴がひいひいと悲鳴をあげるので、コンビニの事務室はほとんど修羅場だ。

「ああっ、イクッ！　続けてイッちゃうっ……」

「だっ、出すぞっ……出すぞっ出すぞっ……おおおううううーっ！」

順平はぐいっと腰を反らせ、千鶴のいちばん深いところで男の精を爆発させた。彼女は避妊リングを入れているので、生挿入も中出しもＯＫなのだ。まさにリアル肉便器。セックスするために生まれてきたような女である。

「おおおおっ……うおおおおおおおーっ！」

順平は野太い声をもらしながら、煮えたぎるような粘液をどくどくと千鶴の中に注ぎこんだ。千鶴もイッているから、肉穴および肉ひだの吸いつきがすごい。出しても出しても、まだ搾りとられる。順平は恍惚《こうこつ》に鼻の下を伸ばしながら、最後の一滴まで男の精を漏らしきった。


「今度は広いホテルにでも行きましょう……」

順平は事後処理をしたティッシュをゴミ箱に放り投げ、ズボンを穿き直しながら言った。

「ここでこっそりするのも興奮するし、うちでするのも悪くないけど、隣町に行けばラブホがあるじゃないですか。休みの日にサービスタイムで入って、朝から晩までやりまくりましょうよ」

連続絶頂で腰が抜けてしまったのか、千鶴は椅子に座って事務机に上体を預けている。ハアハアと肩で息をし、足首にはパンティがからまったままで、それを穿き直すこともできないくらいの放心状態らしい。

「ちょっと遠出して、温泉とか行ってもいいですけどね。部屋に露天風呂がついているところ。俺もこの一年働きづめに働いてきたから、それくらいの贅沢しても大丈夫だし……」

順平としては、千鶴が喜ぶはずの提案だと思っていた。コンビニの事務室でセックスするのは、いくらこっそりやっているつもりでも、事後の獣じみた気配まで完全に消し去ることはできていないかもしれない。こんなことが週に何度もあれば、さすがのお地蔵おばさんにも気づかれる可能性がある。

だが千鶴は、

「どっ、どうしてわたしばっかり……」

さめざめと涙を流しはじめた。

「どうしてわたしばっかり、こんな目に遭わなくちゃならないの？」

「そりゃあ、不倫してたからでしょ。店のバイトの若い子と次から次にセックスしてて、それが公になったら町内会長にしてPTA役員のご主人が、面目丸潰れになるからでしょ。そして奥さんは三行半を突きつけられて身の破滅……」

「でも……でもね……」

千鶴は涙眼をまっすぐに順平に向けてきた。

「こんな退屈な町にいたら、不倫くらいしか楽しみがないじゃない？」

「奥さんが勝手に、こんな退屈な町に嫁いできたんでしょ？」

「わたしが言いたいのはそういうことじゃなくて……この町には、夫以外の男とセックスしている人妻が山ほどいるっていうことよ」

「……えっ？」

思ってもいなかった角度からの反論に、順平は眉をひそめた。

「駅前に〈越後《えちご》やまと〉って呉服屋さんあるでしょ？　あそこの女将《おかみ》さん、お店の若い男とデキてるわよ」

「マジすか？」

順平は眼を丸くした。〈越後やまと〉の女将といえば、いつだって高そうな着物をしなやかに着こなしている、清楚な人妻を絵に描いたような人である。彼女が店の従業員と不倫をしているなんて、にわかには信じられない。

「嘘じゃないわよ。だってわたし、あなたの民泊で彼女のこと何度も見かけてるもの。いつもお店の若い男と一緒で……」

「自分が若い男とやりまくってるから、同じ匂いを感じたわけですか？　たいした不倫レーダーだな」

苦笑まじりの皮肉を、千鶴は無視して続けた。

「それに、北東《ほくとう》小学校の教頭と新任女教師……大学出たてみたいなキャピキャピしたお嬢さんの肩を抱いて、教頭先生が民泊に入っていくのも見たことある」

「うーむぅ」

この町はいったいどこまで乱れているのか、頭が痛くなってくる。教頭と新任女教師というのは、いやらしすぎる組みあわせである。わが民泊施設で、そんなAVみたいなことが繰りひろげられていたなんて、驚きを通り越して呆れるしかない。

「そんなにセックスしたいなら、あの人たちの弱味もつかんでやらせてもらえばいいじゃない。わたしだけじゃなくて！」

千鶴はヒステリックにわめき散らしたが、順平にその気はなかった。千鶴には下僕扱いされた恨みがあるからそれを晴らしたまでのことであり、片っ端から盗撮し、それを使って脅迫セックスをしていたら、ただの卑劣な犯罪者である。

「あっ、そうそう……」

千鶴の眼が意味ありげに光った。

「あなた、北東高校出身でしょ？」

「……それがなにか？」

北東高校は地域随一のマンモス高校だから、この町では石を投げれば卒業生にあたる。

「じゃあ、河原由希子《かわはらゆきこ》って知ってるわよね？　あなたと同い年くらいでしょ？　わたし、あの子と同じお料理教室に通ってて仲いいんだけど、彼女もいま、ずぶずぶの不倫中……」

「うっ、嘘だっ……」

驚愕のあまり、順平の体は小刻みに震えはじめた。

（まっ、まさかユッコ先輩が、不倫……）

河原由希子はひとつ年上の先輩で、高校を卒業してから十五年経ついまも忘れることができない女だった。「学園のマドンナ」といういささか古めかしいキャッチコピーがぴったりくる、可愛いの詰めあわせ——とにかく清純さと透明感が半端ではなく、そのうえ真面目だから成績もトップクラスで、生徒会の役員まで歴任していた。

一般の生徒、しかも後輩であれば普通は声もかけられない存在だったが、順平が所属していたバスケットボール部のマネージャーをしていたので、気さくに話ができる関係だった。

由希子は見た目が輝くほど可愛いだけではなく、性格もとてもよかった。誰にでも分け隔てなく笑顔を振りまくから、好きになるなというほうが無理な相談で、彼女が卒業するまでに順平は三度も告白した。結果はすべて「ごめんなさい」だったけれど、同じバスケ部の仲間には五回も六回も告白して撃沈した者もいるから、まだマシなほうと言えるかもしれない。

「由希子ちゃんがあなたのところの民泊を利用してるかどうかはわからないけど、ずぶずぶの不倫中なら、利用する日も遠くないんじゃないかしら？　クルマを使えばあそこは便利だし、人目にもつきにくい……不倫なんてしてる人は、そういう場所を鵜《う》の目鷹《たか》の目で探してるものですからね……」

順平は、千鶴が不倫している決定的証拠を押さえるために、民泊施設の部屋に盗撮カメラを仕掛けた。

とはいえ、それを使ったのは一度だけだし、なんでもかんでものぞき見る出歯亀野郎に成り下がったわけではない。

だが、〈越後やまと〉の女将や小学校の新任教師が利用者であり、かつて憧れ抜いた学園のマドンナまでやってくる可能性があるとなると、理性ばかりを働かせているわけにはいかなかった。

2

民泊施設を利用するには個人情報の提出が必要だ。といっても、支払いをする人間の名前とクレジットカード番号さえ正確であれば、あとはけっこう適当で、同伴者の本人確認まではしていない。

となると、不倫していてバレると困る側——〈越後やまと〉の女将や小学校の教頭は偽名を使っている可能性が高く、クレジット精算は相手にまかせるのが普通だろう。宿泊者名簿をめくったところで、名前も知らない相手を特定するのは難しかった。

（まいったな……）

順平はのぞき魔になりたいわけではなかった。見知らぬ男女のセックスなんて、ＡＶで簡単に観られるご時世だ。

しかし、河原由希子がやってくる可能性があるとなると、話は違ってくる。

順平は千鶴からその話を聞いた夜、高校時代の友人が経営するラーメン居酒屋に顔を出した。ラーメンや餃子はたいしてうまくないので、瓶ビールをチビチビ飲みながら、さりげなく河原由希子の情報を探った。カウンターの中でラーメンをつくっているその男も元バスケ部だったので、

「あのさ、なんて言ったっけ、マネージャーやってた超美人」

と話を振ってみると、

「ユッコ先輩？　おまえ名前忘れちゃったの、三回もコクッたくせに」

苦笑まじりの声が返ってきた。

「いやいや、ど忘れだよ。ユッコ先輩って、いまどうしてるのかな？」

「結婚したって話だけどね。真面目なサラリーマンと」

「へぇえ……」

「あの人、付き合いよくないから、バスケ部の同窓会とかに誘っても、全然来て

くれなくてさ。いまなにやってるのか知らないけど、子供が生まれたって話も聞かないしなあ……」

「バスケ部の同窓会だと？　そんなのあったのかよ？」

「あっ、連絡いかなかった？　まあ順平の場合、東京行ったまま音信不通が長かったから、べつにいいやと思われたんだろうな」

「ひっ、ひでえ……冷たすぎるよ……」

順平は泣きそうな顔になった。たしかに、上京してから携帯番号を何度も変えたし、連絡を取りあっている地元の友達なんてひとりもいなかったが、実家に連絡すればこちらの連絡先くらいはわかったはずだ。誘ってくれてもたぶん参加はしなかったが、ハナから誘われないのは屈辱である。

「そうそう、ユッコ先輩のご主人、〈鷹宮地所《たかみやじしょ》〉にお勤めらしいからさ。忙しいんじゃないの、内助の功が……」

「〈鷹宮地所〉だって……」

「県外出身の人らしいけど、真面目にしてイケメンで、ユッコ先輩にはお似合いみたいだぜ。五年くらい前かな、結婚当時はすげえ噂になってたよ」

「誰か結婚式とかに出なかったのか？」

「身内だけで海外で挙げたんじゃなかったっけな。同級生の親友とかには声がかかったかもしれないけど、俺らのまわりで参加したって話は聞かない」

「うーむぅ」

順平は腕組みをして唸った。〈鷹宮地所〉といえばこの地域でいちばん大きな建設会社で、大手ゼネコンと組んで駅前の再開発なども行なっている。はっきり言って、この町で勤め人をするなら最高レベルの就職先だ。そういう男に娶《めと》られるなんて、さすがわが青春のマドンナといったところか。

（そんないいところで働いているイケメンと結婚しておいて、不倫をしているなんて……いったいどういうことなんだよ、ユッコ先輩……）

千鶴の話を鵜呑みにできないとは思いつつも、順平の胸のざわめきはおさまらなかった。

必然的に、防犯カメラのモニターを眺める時間が増えた。室内に仕掛けた盗撮カメラをモニタリングしたら犯罪だが、建物の共用部分に設置している防犯カメラを眺めているのは、普通に管理人の仕事である。

コンビニのバイトから戻った夕方から深夜まで、モニターと向きあう日々が続いた。思ったより退屈に感じなかったのは、毎日のように衝撃的な光景が眼に飛びこんできたからだろう。

(おいおい、こんな人まで不倫してるのかよ？)

貞操観念が強そうな人妻ふうの熟女が、男と寄り添ってマンションに入っていくのを見ない日はなかった。人物までは特定できなかったが、どう見ても清楚なのに不倫の沼に嵌まっている――不倫でなければ家でセックスしていればいいわけだから、訳ありな関係であることは間違いなかった。

〈越後やまと〉の女将も、小学校の教頭と新任教師と思しきカップルも、防犯カメラで確認できた。思わず盗撮カメラのモニターをオンにしそうになったが、それだけはなんとか自制した。

盗撮カメラの設置場所には細心の注意を払っており、その筋の専門家でも現れない限り、モニタリングしてもバレることはないだろう。

しかし、順平にも幾ばくかのモラルや倫理観が備わっていた。この先もずっと民泊施設の経営を生業にしていくなら、節度を保たなければ絶対にダメだと自分に言い聞かせた。

河原由希子の姿が防犯カメラに写ったのは、監視を始めて二週間ほどが過ぎたころだった。

千鶴はああ言っていたが、来ないかもしれないと思いはじめたころだったので、順平は身を乗りだしてモニターに見入ってしまった。

彼女が高校を卒業してから、その姿を見るのは初めてだった。およそ十六年ぶりということになるが、一瞬でわかった。

高校時代のトレードマークであるポニーテイルは短いボブカットに変わっていたし、丸の内のＯＬのような濃紺のタイトスーツにハイヒールだったから、ずいぶんと大人びて見えたけれど、それでも当時の清純さや透明感は失われることがなく、ほんのりと人妻の色気だけが加味されていた。

しかし……。

青春時代のマドンナがいまも変わらぬ可愛らしさなのはいいとして、肩を並べてマンションに入ってきた男は、どう見ても六十歳を超えているガマガエルによく似た爺《じい》さんだった。爺さんといっても、よぼよぼしている感じではなく、がっちりした体軀《たいく》をダブルのスーツに包みこみ、太い眉とギョロっとした眼つきから、脂ぎった雰囲気ばかり伝わってくる。

（だっ、誰だこいつ？　どこかで見覚えが……）

順平は必死に頭を絞って記憶をまさぐった。見覚えがあることはたしかだが、六十歳を過ぎた脂ぎった爺さんに知りあいなんていない。

（まっ、まさかっ……いや、こいつはたしかっ……）

パソコンを操作した順平は、椅子から転げ落ちそうになった。パソコンの画面に映っているのは、〈鷹宮地所〉のホームページだった。ブログを辿っていくと、現会長である鷹宮孝造《こうぞう》の写真がいくつもでてきた。

いま、由希子と肩を並べている男である。

（うっ、嘘だっ……嘘だろっ……）

地域経済の根幹を担う〈鷹宮地所〉を率いる鷹宮孝造は、順平がこの町にいたときからローカルテレビや地方紙によく出ていた。当時は社長だったはずだが、たしか市長選に出馬したのをきっかけに会長になったはずだ。現職かどうかはわからないものの、一度は当選しているはずだから、少なくとも元市長ということになる。そんな男が、由希子といったいなにをやっているのか？

（なにかの間違いだよ、絶対……鷹宮の会長とユッコ先輩がW不倫……ないないない……べつに民泊施設に来たからって、セックスのためとは限らないしな。ダンナが〈鷹宮地所〉の社員なら、なにか込みいった話があるのかもしれないし……だいたい〈鷹宮地所〉の会長が、一泊数千円の民泊なんて利用するわけないよ。夜景の見える高級ホテルのスイートだろ、普通……)

地域でいちばん大きな建設会社の会長が、民泊施設で不倫セックスというのは、いくらなんでもケチくさい気がした。だが考えてみれば、このあたりにある高級ホテルは〈鷹宮地所〉と関わりがないほうがおかしいのだ。

建設そのものに関わっている場合もあれば、土地取得にだって一枚嚙んでいるかもしれない。市長選にまで出馬したとなれば、ホテルのホールでパーティを催したこともあるだろうし、レストランなどの飲食店だって接待で頻繁に利用しているに違いない。

ベルボーイにまで顔を知られているホテルに不倫相手を連れていくなんて、馬鹿のやることだ。東京あたりのホテルまで行けばそんなこともないだろうが、いかんせん時間がかかる。セックスをするだけならラブホテルのようなところで充分だし、けれどもこの町にはラブホがない。隣町には一軒あるが、鷹宮のような地域の有名人にはやはり、誰かに見られるリスクがある。

(それで民泊施設、ということなのか……)

ギリリッ、と順平は歯嚙みした。たとえユッコ先輩が現れても盗撮はしないつもりだったが、固い決意や守るべき信念がぐらぐらと揺れはじめた。

3

本当に盗撮なんかしていいのかと、何度も自分に問いかけた。

どう考えてもいいわけがなかったが、気がつけば順平は、ふたりの入った部屋のモニターを凝視していた。

鷹宮孝造はダブルのスーツを着ていたし、由希子も濃紺のタイトスーツ姿だったから、一見すると会社の上司と部下のように見える。そうでなくても、仕事がらみの会合の帰りのような雰囲気なのに、畳敷きの寝室に入るなり、ふたりは熱い抱擁を交わした。顔と顔とが近づくと、お互いすぐに舌を差しだして、ねちっこくからめあった。

（うっ、嘘だっ……嘘だよな、ユッコ先輩っ……）

順平は頭を掻き毟《むし》りたくなった。高校時代の由希子は、ポニーテイルがトレードマークの眼が大きな美少女だった。顔立ちは綺麗に整っていたが、美人というより可愛いタイプで、学校中の男子生徒を魅了していた。

順平がいちばん長い時間を過ごしたのはバスケ部員としてだが、もっとも印象に残っているのは体育祭だ。バスケ部のマネージャーをしているときはTシャツにジャージパンツという格好だったが、体育祭では恥丘《ちきゅう》の形状さえわかりそうな、ぴったりしたショートスパッツになる。

由希子は可愛い顔をしてスタイルがいい。グラマーというわけではなく、しなやかで健やかで伸びやかで、それでいて女らしい。膝がつるんとしている真っ白い両脚なんて、いまでも脳裏に焼きついているくらいだ。彼女は足が速かったから、リレーではいつもアンカーで、トップでゴールを走り抜けると、汗がキラキラ輝く顔で満足そうに笑っていた。

そんな由希子がいま——。

「ぅんんっ……ぅんんっ……」

ガマガエルのような爺さんに舌を吸われ、タイトスーツの上から胸までまさぐられている。その絵面だけでもはや、凌辱とか狼藉《ろうぜき》とか鬼畜の所業と断定してもいいくらいだった。

「準備してきなさい」

鷹宮が居丈高に命じると、由希子はこくんとうなずいて洗面所のほうに消えていった。チッ、と順平は舌打ちしてしまった。寝室には角度を変えて盗撮カメラが三台設置されているが、洗面所にまでは設置していないのだ。

五分ほど経つと、由希子は寝室に戻ってきた。

全裸だった。

真っ白い裸身をさらけだし、丸い乳房もピンクの乳首も優美な小判形の陰毛も、手で隠したりしていなかった。ただ、ひどく恥ずかしそうで、可愛い顔は恥辱に歪んでいた。その下の細い首に巻かれているのは、真っ赤な革製の首輪――飼い犬にするような首輪である。

「まずはご挨拶だな」

鷹宮が言うと、仁王立ちになっている彼の足元で、由希子は膝立ちになった。両手を首の前で揃えていた。犬の真似をするときのポーズで、従順の意を示しているのかもしれない。

「きょっ、今日も由希子をっ……たっ、たくさん可愛がってくださいっ……」

由希子は上眼遣いで鷹宮を見上げながら、震える声で言った。それだけでも衝撃的な光景だったが、鷹宮は由希子を四つん這いにうながすと、鞄からなにかを取りだした。

鞭《むち》だった。柄の部分で数本の革紐が束ねられている、いわゆるバラ鞭だ。ＳＭ

プレイに興味などなかった順平だが、千鶴をお仕置きする方法をあれこれ考えているとき、その手のものをネットでいろいろ調べてみたのだ。結局、鞭の類いを買い求めることはなかったが……。

鷹宮はスーツの上着を脱いでネクタイをゆるめると、四つん這いになっている由希子の尻に向かってバラ鞭を振るった。

「ひいいっ！」

と声をあげてしまったのは、モニターを見ている順平だった。バラ鞭は一本鞭より痛くないと言われているが、それにしたって鞭である。ピシッ、ピシッ、と尻を打たれるたびに、四つん這いの由希子はビクッとした。歯を食いしばって悲鳴はこらえているものの、可愛い顔は歪みに歪み、じっとりと脂汗が浮かんで、生々しいピンク色に紅潮していく。

（ユッコ先輩って、ドMだったのか？）

食い入るようにモニターを見ている順平の頭は、混乱していくばかりだった。

性癖というものは基本的に隠されているものであり、社会的地位のある人間がSMプレイを好むなんてよくあることなのかもしれない。

それにしたって、由希子にSMは似つかわしくない。自分で全裸になって首輪をしてきたり、犬の真似をしたり四つん這いになったりしているけれど、彼女が本当にやりたくてやっているとは思えなかった。いや、思いたくないだけなのかもしれないが、モニターに映っている光景が現実のものとは思えない。

「うーむ、いまいち犬っぽく見えないな……」

鷹宮はニヤニヤしながら首をひねると、また鞄からなにかを取りだした。

「尻尾がないから犬に見えないんだ。これを付けてやろう……」

「そっ、それはっ……」

由希子の顔色が変わった。

「そっ、それは許してくださいっ……それだけはっ……」

モニターを見ている順平も、顔から血の気が引いていくのを感じた。

鷹宮が鞄から取りだしたのは、たしかに尻尾のようなものだった。全長三〇センチほどの茶色いフェイクファーであるが、SMプレイ中に出されるのだから、マフラーの類いであるはずがなかった。

ファーの根元に付いている銀色の部分が、妖しく光っていた。矢印のような形をしたそれがアナルプラグと呼ばれるものであることを、順平もいちおう知っていた。アナル拡張という、おぞましいプレイをするための小道具である。

（まっ、まさかっ……まさかそれをユッコ先輩のお尻にっ……）

　憎んでも憎みきれない天敵・千鶴に報復するため、アダルトグッズをいろいろ調べていたときにアナルプラグの存在も知ったのだ。とはいえ、買い求めて使うことはなかったし、使ってみようとも思わなかった。そこまでやったらさすがに悪いというか、自分自身がやばい人間になってしまう気がした。

　そんな順平の心情など露知らず、モニターの中の鷹宮はアナルプラグにローションらしきものを塗りつけ、

「ふふふっ、こうすれば犬に見える……オマンコしたさに尻尾を振る、発情したメス犬にね……」

　恍惚の表情で銀色の矢印を由希子の尻の穴に押しこんでいった。

「あぁうううぅーっ！」

　由希子が甲高い声をあげた。先ほどまで声をこらえていた彼女も、排泄器官をおぞましいオモチャで穢《けが》されると、声をあげずにはいられなかったのだろう。

（こっ、これがユッコ先輩のあえぎ声……）

　さして感度がよくない集音マイク越しとはいえ、憧れのマドンナの淫らな嬌声を聞き、順平は興奮した。

もちろん、興奮している場合ではなかった。ローションを塗ったとはいえ、由希子の尻の穴には、やけにすんなりアナルプラグが収まった気がする。加えて、それを見たときの由希子のリアクションから判断すれば、なにをする小道具なのか知っているようだった。つまり彼女は、アナルプラグを挿入されるのが初めてではないのだ。

いったいどうして？

順平は眼をつぶって激しく頭を振った。単なるお遊びなら、まだいい。だが、由希子がアナル拡張の調教を受けているなど、考えたくもなかった。アナル拡張の行きつく先は、禁断の肛門性交である。

「そーら、立派なメス犬になったご褒美に、鞭をくれてやるぞ」

鷹宮が再び、バラ鞭を振るいはじめた。ビシッ、ビシッ、と容赦なく由希子の尻を叩いては、

「もっと尻尾を振って悦んだらどうだ！　せっかく付けてやったんだから！」

嗜虐性《しぎゃくせい》を剝きだしにして、由希子に恥ずかしいことをさせようとする。

「ああっ、いやっ……あああああっ……」

由希子は屈辱に身悶えつつも、命じられた通りに体を動かすしかない。突きだ

した尻を振りたてると、茶色いファーが前後左右に大きく揺れた。猫耳などと同様、一見可愛らしく見えないこともないが、ファーはアナルプラグによって由希子の体に付けられている。

（とんでもないド変態だな、鷹宮って野郎はっ……）

モニターに映っている鷹宮を睨みつけつつも、順平は痛いくらいに勃起していた。勃起などしてはいけないと思っても、いままで経験したことがないような異様な興奮がこみあげてきて、意思の力では制御できない。

由希子のような清らかな女をメス犬扱いするなんて、すべての男の夢に違いなかった。もちろん、現実にはほとんどあり得ない。万に一つの奇跡が起こり、たとえ由希子に望まれても、順平は断るだろう。ＳＭプレイで女を満足させる自信などないからである。

だがその一方で、夢想や妄想としては、誰もが頭の中に描いてみたことがあるのではないだろうか？

由希子その人でなくてもいい。学園のマドンナ、清楚な人妻、活躍中の人気アイドル——穢してはいけない清らかな存在だからこそ、自慰のときの夢想の中では、人には言えないほどいやらしいことをしているのでは……。

順平もそうだった。

高校時代、由希子をオナニーのオカズにしたことが何度もある。さすがに全裸で犬の真似をさせたりはしなかったが、いやいやと抵抗する彼女を力ずくで犯した。夢想の中でさえあっさりと股を開いてくれない彼女にこそ興奮し、一日に二度も三度も射精を果たしたものだった。

4

「気持ちがよくなってきたみたいじゃないか？」

鷹宮がガマガエルのように醜悪な顔を、さらに醜くさせて笑う。

「ケツを振って尻尾が揺れると、オマンコをかすめるんだろう？　いやらしい匂いがここまで漂ってきてるぞ」

「いっ、言わないでくださいっ……」

由希子は真っ赤になった顔を伏せ、恥ずかしそうに声を震わせた。モニター越しに様子をうかがっている順平にも、由希子の表情が変化したことが見てとれた。鷹宮の言う通りなのか、あるいはアナルプラグや鞭打ちプレイに興奮しているのか、清らかな美貌に生々しい欲情が浮かんでいる。

「照れるなよ」

鷹宮は茶色い尻尾に隠れている女陰に手を伸ばした。盗撮モニターでは正確なところはわからなかったが、女の割れ目に指を入れたようだった。いや、ただ入れただけではなく、ぐちゃぐちゃに掻き混ぜているに違いない。

「はっ、はぁうううううう────っ！」

由希子が四つん這いの身をよじり、激しく乱れはじめたからである。

「ククク、すごい濡らしっぷりじゃないか？　奥の奥までぐっしょりだ。もうこんなに興奮してるのか？　オマンコしたくてたまらないのか？」

「あぁっ、いやっ……言わないでっ……言わないでくださいっ……」

しきりに首を振りつつも、由希子は感じているようだった。その証拠に、尻尾の奥から聞こえてくる粘っこい音が、みるみる大きくなってきている。機器越しでなければ、もっと大きく聞こえるはずだ。

「オマンコしてほしい気持ちはわかるが……」

鷹宮が肉穴から指を抜いた。右手の中指が蜜でテラテラと光っているのを見て、満足げに笑う。

「その前にしてもらわにゃならんことがあるぞ……」

おもむろにベルトをはずすと、ブリーフごとズボンをさげた。勃起しきった肉棒が、天狗《てんぐ》の鼻のように前に突きだした。六十歳を過ぎているにしては、かなり若々しい勃ちっぷりだった。由希子のごとき美女をメス犬扱いできる権力者ともなれば、精力がそう簡単には衰えないのか？

「舐めるんだ……」

仁王立ちになっている鷹宮は、由希子を見下ろして言った。

「心をこめてきっちり舐めしゃぶらんと、入れてやらんからな」

「はっ、はいっ……」

由希子は悲愴感たっぷりにうなずくと、右手を男根にそっと添えた。すりすりと何度かしごいてから口を開き、ピンク色に輝く舌を差しだしていく。

（もうやめてくれっ！　見たくないよ、ユッコ先輩っ！）

順平は心の中で泣き叫んだ。性欲が人間の三大欲求である以上、どんな美人にだってそれはある。わかりきったことだったが、どうして由希子がガマガエルのごとき醜悪な男の足元にひざまずいてフェラチオをしなければならないのか？

あまりの理不尽さに気が遠くなりそうだ。

とはいえ、順平の痛切な思いなど、由希子に届くはずがない。

「ぅんあっ……」

サクランボのように可愛い唇を卑猥なOの字に開くと、鷹宮の亀頭をすっぽりと口に含んだ。せつなげに眉根を寄せた表情で、還暦オーバーの男根をしゃぶりはじめる。彼女は三十四歳の人妻。なのにそのフェラ顔はどこまでも初々《ういうい》しく、そうであるがゆえに順平の胸は締めつけられる。

「もっと唾液をたくさん出して、ふやけるくらい熱烈にしゃぶるんだ」

一方の鷹宮はどこまでも尊大な態度で、由希子の口腔奉仕に注文をつける。畳の上に置いてあったバラ鞭を再び拾いあげると、足元にひざまずいている由希子の尻をうりうりと押し、性奴《せいど》のように扱いはじめる。

「しゃぶりながら、尻を振れ。せっかく尻尾をつけてやったんだから」

「ぅんぐっ……ぅんぐっ……」

由希子は涙眼で鷹宮を見上げながら、命じられた通りに体を動かした。

「もっとちゃんとやらんか！　ワシのチンポをしゃぶれて嬉しいなら、尻尾を振ってそれを示せよ」

バラ鞭を振るい、ビシッと由希子の尻が叩かれる。由希子は眼を見開き、鼻奥で悲鳴をあげたが、口唇から男根を抜くことは許されない。涙を流し、涎を垂らしながら、必死になって男の器官を舐めしゃぶる。

(なっ、なんて野郎だっ……)

順平も千鶴を相手に似たようなことをしたことがあるが、鷹宮の嗜虐者ぶりは自分など足元にも及ばないと思った。

アナルプラグで尻尾をつけさせ、それを揺らしながらの口腔奉仕――それだけでもかなりの変態度なのに、バラ鞭を使って女を脅してもいる。いまは思いきり叩いていないが、強く叩かれることを想像して、由希子は怯えている。強く叩かれないように必死にフェラに勤《いそ》しんでいる。その異様な姿が、この世のものとは思えないほどエロティックなのがつらすぎる。

「よーし、そろそろご褒美をやろうか……」

鷹宮は腰を引いて男根を口唇から抜くと、ズボンとブリーフを脚から抜き、ワイシャツや靴下も脱いで全裸になった。

「入れてやるから、オマンコをこっちに向けろ……」

「ううう っ……」

由希子はフェラで唾液にまみれた唇を震わせながら、鷹宮に尻を向けて四つん這いになった。

（こっ、これはっ！）

順平は眼を見開き、息を呑んだ。寝室には三台の盗撮カメラが仕掛けられているのだが、そのうちのひとつが四つん這いになった由希子のちょうど正面にあった。こんなにも素晴らしいアングルで由希子のセックスが拝めるなんて、とんでもない幸運だと小躍りしそうになる。

（いかん、いかん……）

あわてて首を横に振り、邪悪な想念を頭から追いだした。やむにやまれず盗撮してしまったけれど、かつての憧れのマドンナが醜悪な爺さんの慰み者になっているのを見て、はしゃいでしまうなんて情けない。勃起してしまったのは生理現象だとしても、AVを観るような浮かれた気分になってはならないと、必死に自分に言い聞かせる。

「ククク、何度見てもいい尻だ……」

鷹宮は舌舐めずりをしながら、バラ鞭で叩かれてピンク色に染まった尻丘を、ゴルフ灼《や》けの真っ黒い手で撫でまわした。

「ボリューム満点の巨尻や、きゅっと引き締まった小尻もいいが、すべてがちょうどいい、由希子の丸尻がやっぱり最高だな……」

ご満悦の表情で尻尾をどけると、由希子の唾液にまみれた男根を握りしめた。桃割れの奥に狙いを定め、切っ先をねじりこんでいく。

「くっ……んんんっ……」

由希子の顔が歪む。それを正面からモニターしている順平は、にわかに心臓が早鐘を打ちだすのを感じた。

（せっ、先輩っ……イッたりしないでくれよっ……ガマガエルみたいな爺さんのチンポでイッたりするのだけはっ……）

祈るようにモニターを見つめている順平を嘲笑うように、

「いくぞ……」

鷹宮が雄々しく腰を前に送りだした。結合部は見えなくても、由希子の表情で男根が挿入されたことがはっきりとわかった。

老獪《ろうかい》な鷹宮は、興奮のまま一気に貫いたりはしなかった。由希子を嬲《なぶ》るように、すべてを埋めこまない状態で小刻みに腰を動かし、欲情しきった女体を焦《じ》らしていく。ジジイのくせに芸が細かい。

「ああっ、いやっ……あああっ……」

由希子は限界まで眉根を寄せ、両手の爪を畳に食いこませた。

「いっ、意地悪しないでくださいっ……」

絞りだすような声で言うと、

「どういう意味だい？」

鷹宮は余裕綽々の笑みを返す。

「おっ、奥までっ……奥までくださいっ……」

「オマンコの奥までか？」

「ああっ、そうですっ……オッ、オマンコのっ……由希子のオマンコの奥まで、会長のオチンチンを入れてくださいっ……」

「よーし」

鷹宮は満足げにうなずくと、ずんっ、と大きく突きあげた。その勢いのままに、ずんずんっ、ずんずんっ、とピストン運動を送りこんでいく。腹まわりにたっぷり贅肉がついているのに、腰の動きはやたらと軽快だ。

「あああっ……はぁあああああーっ！」

四つん這いの由希子が、獣のように咆哮《ほうこう》した。眉根を寄せ、しっかりと眼を閉じているが、大粒の涙を流していた。信じたくはなかったが、喜悦の涙に違いなかった。由希子はいま、泣くほど気持ちがいい思いをしているらしい。

（馬鹿なっ……そんな馬鹿なっ……）

順平はガタンッと椅子を倒して立ちあがり、放心状態でモニターを眺めた。

犬の真似も、性奴扱いも、屈辱的な口腔奉仕も、無理やりやらされていると思いたかった。

しかし、結合してからのこの乱れ方を目の当たりにすると、由希子は望んでそういう目に遭っているように思えてくる。少なくとも、彼女はいま、肉の悦びをむさぼり抜いている。ガマガエルのような男に後ろから突かれているにもかかわらず、両手で畳を搔き毟るほど燃え狂っている。

モニターのスイッチを切った。

この先に待ち受けているのは、由希子の絶頂場面だと思うと、さすがに見続けることができなかった。

静寂に包まれた部屋の中で、順平は呆然と立ち尽くしていた。かたく握った拳を小刻みに震わせるばかりで、しばらくの間、身動きひとつとれなかった。

5

数日後、順平は由希子と会うことになった。

といっても、直接連絡する勇気はなかったし、断られたら元も子もないので、ちょっとした小細工をした。

「河原先輩に会いたいんだけど、俺の名前を出さずに、場をセッティングすることってできませんかね？」

千鶴にそう言ってみたところ、

「できる、できる。全然できるわよ」

眼を輝かせて全面協力してくれることになった。

「彼女とよく行っているパンケーキがおいしいカフェが駅前にあるんだけど、そこで待ち合わせをする。わたしは待ち合わせ時間をちょっと過ぎてからドタキャン、そこにあなたが現れるっていうのどう？」

段取りとしては完璧だったが、千鶴が下卑た笑いを浮かべていたので気分が悪かった。

ついに彼女もあなたの毒牙にかかるのね？　と言わんばかりだったからだ。見損なってもらっては困る、と順平は内心で憤っていた。恨みもなにもない女に、単なる体目当てで脅しをかけるほど、自分は卑劣な人間ではない。

（まあ、そんなこと言っても、千鶴には理解されないだろうしな……）

誤解されることを承知のうえで、どうしても由希子に会いたかった。会って話をしたかった。もっと言えば、彼女のことを救いたかった。

（ユッコ先輩は絶対、あんな人じゃないよ……あんなひどいことされて悦ぶような、ドMでもなければ、ふしだらな女でもない……悪いのは全部、ド変態・鷹宮に決まってる……）

そうであるなら、あの男の手から、なんとかして由希子のことを救いだしてやりたかった。

順平にできることは限られているし、鷹宮は町いちばんの権力者だ。まともに戦っても勝てるわけがないが、由希子の中に残っている良心に賭けてみたい。変態プレイはともかく、W不倫は人の道にはずれた行ないなのだ。

順平は寒空の下、四十分以上も自転車を漕いで、千鶴に指定されたカフェに向かった。

コンビニのバイトを休み、主婦でも時間に融通がききそうな午後二時を待ち合わせ時間にしてもらったのだが、一時過ぎには店に着いていた。ガラス越しに外が見える席に陣取り、冷えた体を温めるためにホットミルクを頼む。

由希子と会うのは十六年ぶり――素顔で会ってもすぐには思いだしてもらえないだろうと思ったが、念のためベースボールキャップと伊達メガネで変装していた。われながら滑稽なことをしていると内心で自嘲の笑みをもらしながら、ガラス越しに町の風景をぼんやり眺める。

駅前の大通りなので、それなりに人の往来があった。みな足取りがせかせかしているのは、暦が師走に入ったからだろうか？

異論や反論はあるかもしれないが、順平は女のファッションは夏よりも冬のほうが好きだ。肌の露出は減るけれど、コートやマフラー、ブーツなどに女らしさを感じるからである。それに、薄着の若い女の子はブラジャーくらい見えていても平気というスタンスだから、なんとなく鼻白む。秘すれば花と言う通り、隠されていたほうが男は見たくなるものなのに……。

真面目な由希子は、約束の時間の十五分も前に姿を現した。駅のほうからこちらに向かってくるのが、ガラス越しに見えた。

（かっ、可愛すぎるだろ……）

白いハーフコートを着ていた。首のまわりに同色のファーがついているものだ。三十四歳の人妻にしては甘い雰囲気だったが、黒革のロングブーツが大人びているから、全体的には引き締まったコーディネイトと言っていい。

店の入口付近の席に陣取った由希子は、白いコートを脱いだ。ニットも白かったが、スカートはベージュのチェックで丈はミニ――まるで女子高生の制服のようだった。とはいえ、ロングブーツにいちばん似合うのはミニスカートであることくらい、順平だって知っている。

ゆっくりと時間が経過していった。

千鶴は「約束の時間から五分過ぎたらドタキャンのＬＩＮＥを入れる」と言っていた。午後二時五分、由希子がスマホを見て深い溜息をついた。千鶴からＬＩＮＥが入ったに違いない。

順平は帽子と伊達メガネを取って立ちあがり、由希子の席に近づいていった。歩きながら深呼吸をし、覚悟を決めて声をかけた。

「ユッコ先輩ですよね？」

振り返った由希子は、キョトンとした顔をした。やはり忘れられていたか、と順平は小さく落胆した。しかし、落胆している場合ではない。十六年前に卒業した高校の後輩なんて、覚えていなくて普通である。

「北東高校のバスケ部で一年後輩だった難波ですよ。難波順平……」

「あぁー」

由希子は両手を合わせて相好を崩し、

「覚えてる、覚えてる。順平くん、久しぶりね」

かつてと同じような気さくさで返してくれた。十六年ぶりの再会という重みがまったく感じられなかったのは、彼女がそういう性分だからだろう。可愛い顔をしているくせに、性格までとてもいいのだ。

（あぁっ、ユッコ先輩……）

彼女に恋慕《れんぼ》の情を寄せ、夜な夜な自慰のオカズにしていた青春時代を思いだし、順平は甘酸っぱい気分になったが、それに浸っていることはできなかった。

「誰かと待ち合わせですか？」

できるだけスマートに訊ねると、

「うーん、そうなんだけどドタキャンされちゃって……」

由希子は困った顔で返してきた。

「じゃあ俺、こっちの席に移ってきてもいいですか？」

「ふふっ。いいわよ、旧交を温めましょう」

由希子が笑顔で了解してくれたので、順平はウェイターに席を移る旨を告げ、ホットコーヒーを追加注文した。

「順平くんって、東京に行ったんじゃなかったの？　風の噂で聞いたけど」

「二年前に帰ってきたんですよ。ちょっといろいろあって……」

「いろいろ？」

「祖母が亡くなって……両親はとっくにいなかったんで、最後の身内だったんですけど、それを機会に都会暮らしに区切りをつけたっていうか……」

「そうだったの……」

由希子は悲しげに眉根を寄せたが、気にする必要はないと、順平は彼女に笑いかけた。

「東京でもパッとしませんでしたから、戻ってくるしかなかったんですよ」

「あっちではなにをしてたの？」

「バーテンダーです」

「じゃあ、こっちでもそういう夜職系の……」

「いやいや、実は祖母が残してくれた賃貸マンションがありまして……」

ドクンッ、ドクンッ、と順平の心臓は早鐘を打ちだした。もちろん、話が核心に迫ってきたからである。

「駅から遠いから住人も全然いない状態で相続したんですが、テーマパークの近くなんでインバウンド需要が見込めるかなって、民泊を始めたんですよ。一年くらい前かな？」

「へええ……」

由希子の反応がにわかに鈍くなった。眼が泳いでいて、それを誤魔化すように紅茶のカップを口に運ぶ。この小さな町にも民泊施設はいくつかあるが、テーマパークの近くとなると順平のところしかない。

「目論見通りインバウンドのお客さんは集まってくれたんですけどね。それはいいとして、最近ちょっとおかしな現象が起こってるんです」

「民泊かあ……わたし旅行行かないから、あんまり興味ないなあ……」

由希子はあからさまに話題を変えたがっていたが、逃がさない。

「いやいや、けっこう興味深い話なんですよ。うちの民泊、どうやら不倫の温床になってるみたいなんで……ほら、この町ってラブホがないじゃないですか？　だからラブホがわりに使われてるっていうか、まあ、お金を払ってくれてるんだからべつにいいんですけど……」

由希子は視線をテーブルに落として黙っている。心のシャッターを完全に閉じてしまったようだ。

「ユッコ先輩、どう思います？　不倫について？」

順平は彼女の心のシャッターを強引にこじ開けにいった。

「ユッコ先輩も既婚者でしょ？　いやですよねえ、不倫なんて」

「さあ、どうかしら……人それぞれじゃないの……」

歯切れが悪いだけではなく、キッと睨まれた。話題を変えないなら席を立つという、無言のメッセージが伝わってきた。ならば、立てなくしてやるまでだ。

「ユッコ先輩に限って、不倫なんてしてないですよね？」

「してるわけないでしょ」

苦笑まじりに、また睨まれる。

「うちの民泊施設を使って、ＳＭプレイなんて間違ってもしてないですよね？　相手は地元じゃ名の知れた会社の会長さんで……」

「なっ、なにを言ってるの！」

由希子が色めきたったので、

「まあまあ……」

順平は微笑を浮かべてなだめた。

「なにもユッコ先輩を咎めてるわけじゃないでしょ。感情的にならないでくださいよ」

由希子は不快さを隠さずに眼をそむけた。

「数日前のことなんですが、部屋の窓でも開けてたんですかね、悲鳴が聞こえてきたんですよ。鞭の音みたいのも……」

もちろん、盗撮カメラの件を隠すための方便だった。順平の民泊は防音対策が万全なことを謳《うた》っているし、この寒いのに窓を開けてSMプレイなんてするはずもない。だが、いまの由希子は混乱していて合理的な判断なんてできない。詐欺師につけこまれる被害者の心理状況そのままと言っていい。

「すわ犯罪かって、さすがに心配になって見にいったんです。駐車場側の塀がちょっと壊れてて、のぞけるところがあるんですよ。もちろん、本来ならのぞいていいわけがないんですけど、刃傷沙汰《にんじょうざた》とかだったらさすがにまずいじゃないですか。そうしたら……」

塀が壊れているのは事実だが、そこからマンションの全部屋をのぞけるわけではない。ましてやカーテンを引いていれば室内なんて見えるわけがないのに、由希子の顔は青ざめていくばかりだ。

「ユッコ先輩によく似た人が、犬の真似をして鞭で叩かれてたんですよ。全裸で四つん這いになってるのに、よく見たら茶色い尻尾がついててね……俺もよく知らないですけど、あれってアナルプラグじゃないですかね？　犯罪の類いじゃなかったのはよかったんですけど、俺もうびっくりしちゃって、どうしてこんな綺麗な人がド変態みたいなことしてるんだろうって……」

順平が言葉を切っても、由希子はなにも言い返してこなかった。真一文字に引き結んだ唇を噛みしめて、ただ小刻みに震えるばかりだ。カフェは五割の客入りで、適度にざわついていたけれど、ふたりの席だけが海底に沈められたかのような静寂に包まれ、空気が異様に重くなっている。

「まあね……」

順平は溜息をひとつついてから続けた。

「どんな変態プレイをしようが勝手だし、他人が口出すべき問題じゃないでしょう。ただ、俺の眼にはどっちも既婚者に見えた。不倫、ってことですよ。それはよくないと思うんです。人の道からはずれている……」

由希子からの反論は期待できそうになかった。もはやひと言もしゃべるつもりはないようだった。それでいい、と順平は思った。言うべきことはすべて言った。あとは彼女に良心があるかないかの問題だ。

「なんかすいません。久しぶりに会ったのにつまらない話をしてしまって……その人があんまりユッコ先輩に似てたから……」

順平は苦りきった顔で立ちあがり、

「ここは払っておきます」

伝票を持ってレジに向かった。

第四章　逃れられない誘惑

1

駅前のカフェを出た順平の足元はふらついていた。

心にぽっかり風穴が空き、そこに冷たい風がビュービュー吹き抜けているような感じだった。なんとか駐輪場までは辿りついたものの、そこでへたりこみ一歩も動けなくなってしまった。

（ユッコ先輩に、嫌われたよな……憎まれて、呪われるかも……）

わかっていたことだが、きつかった。他人の色恋に首を突っこみ、正論を説くような輩は嫌われて当然だろう。

わかっていても嫌われ役を演じてしまったのは、やはり由希子がかつて憧れ抜いたマドンナだからだ。三度告白して三度フラれてしまったけれど、彼女ほどの高嶺《たかね》の花なら諦めるしかなかった。順平自身、自分よりずっといい男のほうが由希子にお似合いだと思っていた。

「ぐっ……」

しゃがんでいることさえつらくなり、自転車のフレームにしがみついてむせび泣いた。あんなことを言ってしまって本当によかったのか、自己嫌悪と罪悪感で涙がとまらなかった。

(俺がしたことって、結局……)

自分の中にある由希子の清らかなイメージを、彼女に押しつけようとしているだけなのかもしれなかった。不倫に溺れようが、変態性欲にまみれようが、それは由希子の人生なのだ。やはり、赤の他人である自分が、偉そうに正論を説くべきではなかったか？

「順平くん？」

後ろから声をかけられ、あわてて涙を指で拭った。振り返ると、白いコートを着た由希子が立っていた。相変わらず三十四歳とは思えない可愛らしさだったが、表情は悲愴感たっぷりにこわばっていた。

「わたしの話、聞いてもらえる？」

声まで哀しげに震えている。その様子から、由希子は順平の話をきちんと受けとめてくれたのだと思った。順平としては、彼女本人とは特定せず、「よく似た人」という逃げ道を用意したつもりだったが、逃げることを拒否しているようでもあった。

「どこかで……ふたりきりで……話せないかな？」

順平はにわかに言葉を返せなかった。望んで嫌われ役を買って出た以上、由希子には二度と会えないだろうと思っていた。嫌われてしまって当然だし、合わせる顔がないとも思っていたが、彼女がいまにも感極まって泣きだしそうだったので、無下に断ることができなかった。

自転車をその場に残し、タクシーで民泊に移動した。ふたりきりで話ができる場所が他に思いあたらなかったし、自分が民泊施設の経営者であることを証明したかったという理由もある。そこに住んでいるとわかれば、嘘や伝聞を口にしたとは思われないだろう。

実際、民泊の前でタクシーをおりると、由希子は大きく息を呑んだ。四階までエレベータでのぼっている間、ずっと眼を見開いていた。

「どうぞ……」

順平はガランとした殺風景な部屋に通した。リビングはテーブルセットもソフアもないフローリングなので、畳敷きの寝室にうながす。

「すいませんね、座布団もなくて。そのへん適当に座ってってください」

「あのさ……」

由希子が気まずげに眼を泳がせながら言った。

「お酒とか、あるかな？」

「えっ？　あっ、ありますけど……」

順平は冷蔵庫を開けて缶ビールと缶チューハイを取りだした。部屋の中はまだ寒く、エアコンをつけても急には暖まらない。由希子は白いコートを、順平はダウンジャケットを着たままである。

「すいません、寒いのにこんなのしかなくて……」

「いいわよ、ありがとう」

由希子は缶ビールを受けとると、畳の上に座りプルタブを開けた。乾杯もせずにいきなりごくごく飲みはじめたので、順平は唖然とした。

（とてもシラフじゃいられない、ってことか……）

順平も平常心ではいられなくなり、気付けのつもりで缶チューハイを呷《あお》った。

こんなにも喉にしみる缶チューハイは初めてだった。

「わたしね……」

　由希子はうつむいたまま話を始めた。

「わたしいま、〈鷹宮地所〉の会長の秘書をしてるの……週に二、三回かな？　主にイベントや接待があるときなんだけど……」

　なるほど、と順平は胸底でつぶやいた。だからふたりきりのとき、濃紺のタイトスーツなんて着ていたのだ。

「独身時代はインテリアデザインの会社でけっこうバリバリ働いてたの。でも、二十九歳で寿退社して四年……なかなか子供もできないから、もう諦めて仕事しようかなって思ってたとき、会長に声をかけられて……あっ、うちの夫が〈鷹宮地所〉の社員だからその縁でなんだけど……条件はよかったし、秘書の仕事に興味もあったし、なによりこっちで再就職先探すのって大変じゃない？　だから思いきってやってみることにしたのが、ちょうど一年前……」

　由希子は表情を曇らせ、深い溜息をついた。

「最初はけっこう楽しく働いてた。偉い人のお付きをしていると、なんだか自分も偉くなったような気がしたりしてね。食事をするのもお酒を飲むのも、最上級のお店で最上級のおもてなしを受けるわけだし……でも……でも、あるとき、体を求められたの。会長のお付きで東京出張に行ったとき……宿泊先のホテルに着いたら、部屋がひとつだけで……『部屋の中にもうひと部屋あるから』って会長は言うわけ。セミスイートルームだったから、リビングと寝室が別々だったんだけど、それにしたって……」

言葉を切り、缶ビールを呷る。飲み干してしまったようなので、順平は冷蔵庫から二本目を持ってきて渡した。

「会長は最初からそのつもりだったから、抵抗しても無駄だった……逃げようとすると、夫の話をするのよ。出世できなくなってもいいのかって？　夫はちょうど、出世レースに乗れるか乗れないか、ぎりぎりのところにいたし……そう言われると、わたしだって無下には断れないじゃない？　もうすべてを諦めて、夫のために会長に体を差しだしました。長い夜だった……還暦を過ぎたお爺ちゃんとセックスするなんてあり得ないと思ってたし、わたしはどちらかと言えばセックスが苦手だった。でも、会長は正真正銘の好色漢だから、朝までねちっこく責められて……会長が鼾《いびき》をかきはじめると、わたしはバスルームに閉じこもって泣きました。一時間くらい泣いていたと思う。子供のころだって、そんなに長い間泣いていたことなんてないのに……」

「ひっ、ひどい話ですね……」

順平は手のひらに浮かんだ汗を握りしめた。エアコンが効きはじめたので、由希子の顔も上気している。彼女が白いコートを脱いだので、順平はハンガーにかけてやった。自分のダウンジャケットも脱ぐ。

（まいったな……）

順平は由希子と畳の上で向かい合って座っていた。白いコートを着ていたときはよかったが、それを脱ぐと、チェックのミニスカートから太腿が見えた。ナチュラルカラーのストッキングに包まれた、熟れごろの太腿が……。

「ひどい話だと、わたしも思うわよ……」

由希子は話を続けた。

「夫のことがなければ、わたしも会長を告発してやりたかった。でも……でもね……もうダメなの……」

由希子は声を震わせ、眼尻に浮かんだ涙を指で拭った。

「夫のことがなくても、わたしはもう、会長と離れられない……」

「どっ、どうして？」

嫌な予感に胸をざわめかせながら順平は訊ねた。

「この一年でわたしの体はすっかり会長に開発されてしまったの……露骨な話で申し訳ないけど、わたしはそれまで中イキってできなかったのよ。クリではイケても、中では……すごいショックだった。愛する夫に抱かれてもそんなふうにならないのに、会長に抱かれると何度でもイケるようになって……ものすごい自己嫌悪だったし、メンタルがどうにかなりそうで、何度も会長秘書をやめようと思った。でも、やめられなかったのは……夫とのセックスじゃ、もう満足できない体になってしまったからなの……会長じゃないと、わたしダメなの……」

メス犬じみた性奴扱いされてもですか？　という言葉を、順平はかろうじて呑みこんだ。ユッコ先輩はそういう人じゃなかったはずです！　と叫んだところで、虚しいだけだと思った。

セックスのことなんて、他人にはわからないからだ。還暦オーバーのガマガエルに抱かれて気持ちがいいわけないだろうと言ってみても、本人が気持ちがいいと言うのなら反論のしようがない。

「だから、順平くん……」

由希子が涙に潤んだ眼で、すがるように見つめてきた。

「このことは絶対誰にも言わないでほしい……不倫がよくないことくらい、わたしだってよくわかっている。夫の出世のためを思って受け入れたことでも、結局は夫のことを裏切ってるんだもの……事が表沙汰になったら、会長のご家族にだって大変な迷惑をかけるでしょう……最低な人間だと、自分でも思う。でも……でもわたし……どうしても会長と別れたくない……」

「先輩……」

順平は長い溜息をつくように言った。かつての学園のマドンナに、「最低な人間」なんて自虐してほしくなかった。しかし、彼女の言葉がすべて真実なら、愚かで浅はかで正気を失っていると断じるしかないだろう。

「ねえ、順平くん……」

由希子は膝立ちになり、順平の隣に移動してきた。肩をぴったり寄り添わせ、息のかかる距離まで顔を近づけてくる。

「なっ、なんですか……ちっ、近いですよ……」

順平は驚き、戸惑ったが、

「順平くんが絶対誰にも言わない、って約束してくれるなら……」

由希子はまなじりを決して見つめてきた。

「いまここで、わたしを抱いてもいい……あなたがわたしと会長の関係を、黙って見守ってくれるなら……」

由希子の白い手が、太腿の上に置かれた。彼女は本気で、口止めのための人身《ひとみ》御供《ごくう》になるつもりのようだった。

2

「ちょっ……まっ……おっ、落ちついてくださいよ、ユッコ先輩っ……」

順平はわずかに残った理性を総動員して言った。由希子がそれを望むなら、鷹宮との関係を黙っていることくらいお安い御用だった。というか、最初からバラすつもりなんて毛頭なかった。

「わたし、落ちついてるわよ。こう見えて、けっこうお酒強いの。缶ビール二本くらいで酔ったりしない」

由希子は順平の腕をつかみ、ますます顔を近づけてくる。順平は、その可愛らしさに驚愕した。由希子は三十四歳で、千鶴は三十六歳。二歳しか離れてないのに、放っているオーラがまるで違った。

千鶴も千鶴で美人だし、色気もあるのだが、由希子には高校時代と変わりない清らかさがあり、透明感すら保たれている。

素肌の白さや肌理《きめ》の細かさなのか、大きな瞳の煌《きら》めきなのか、理由は特定できないが、間近で見ると圧倒されるほど可愛らしい。そんな彼女に「抱いてもいい」と迫られて、平常心でいられる男なんているわけがない。

だがしかし、順平にも男としての意地があった。由希子が求めているのは「共犯者」なのだ。一緒に罪を犯すことを望んでいる。

あり得ない話ではあるけれど、たとえば「高校時代、本当はあなたのことが好きだった」とか、「鷹宮からわたしを奪って」と言われたなら、その気持ちをもっと真剣に受けとめるだろう。成りゆき次第では、地獄の底までお供させてもらってもかまわない。だが、こんな安っぽい色仕掛けで不倫妻と同等の罪を被《かぶ》るのはごめんだった。

「ユッコ先輩、話はここまでにしましょう。タクシー呼びますから、帰ったほうがいいです」

「順平くん、わたしの誘いを断るの？」

すがるような眼つきと甘ったるい声に、一瞬クラッとしたが、

「鷹宮会長との関係は絶対誰にも言いませんから。それは約束しますから。もうおとなしく帰ってください」

順平はなんとか耐えきった。アナルプラグで尻尾をつけられ、バラ鞭で叩かれる破廉恥《はれんち》な姿になってなお、由希子は清らさや透明感を失っていなかった。これほど極上の女を抱けるチャンスなんて、今後の人生で二度とないだろうが、それでも意地を張りつづけた。

「どうしてよ……」

由希子は急にふて腐れた顔になった。

「順平くん、高校時代、わたしのこといやらしい眼で見てたでしょ」

「ええっ？」

順平は仰天して眼を見開いた。

「そっ、それは濡れ衣です……たしかに俺は、先輩に三回コクッて三回ノラれましたけど、いやらしい眼でなんか……」

実際、バスケ部のときは礼儀正しく接していた。マネージャーをいやらしい眼で見たりしたら、他の部員からヒンシュクを買う。好意は好意として胸に秘め、息を切らせてバスケットボールを追いかけていた。

「本当かしら？」

由希子が訝しげに眉をひそめて言った。

「体育祭のときも？」

「ううっ！　そっ、それはっ……」

順平は言葉につまった。バスケ部のときはジャージパンツを穿いている由希子だが、体育祭ではショートスパッツだった。やたらとぴったりしているデザインだったし、彼女の太腿が細めだったせいもあるのかもしれないが、こんもりした恥丘の形状が露わになっていた。

「たっ、たしかにっ……たしかにそのときはっ……」

スパッツ姿でグラウンドを走る彼女を、いやらしい眼で見ていたかもしれない。正直言って、グラウンドで勃起してしまったことすらある。

だがそれは、男子生徒の大半がそうだったのだ。部活の練習中にドヤしつけてくる怖い先輩だって、あのときばかりは鼻の下を伸ばして由希子を眼で追っていた。

「わたしのこと、いやらしい眼で見てたでしょう？」

由希子が勝ち誇った顔で笑みをもらす。

「そのわたしが抱いてもいいって言ってるのに、順平くん、あなた断るの？　そんなふうに自分を誤魔化してもいいの？」

「そっ、それはっ……それはそのっ……」

しどろもどろになった順平に、由希子はさらなる追い打ちをかけてきた。信じられないことに、チェックのミニスカートをめくったのだ。

「うっ、うわあっ！」

順平は思わず声をあげてしまった。三十四歳の股間に、純白のパンティがぴっちりと食いこんでいた。おまけに、ナチュラルカラーのパンティストッキングまで穿いている。股間を縦に割るセンターシームがいやらしすぎて、順平はまばたきも呼吸もできなくなった。

（こっ、こんもりしてる……こんもりしてるぞ……）

純白のパンティはシルク製でつやつやと輝き、やけに小高く盛りあがった恥丘の形状を露わにしていた。スカートの中に隠されていた女の下着は男を惑わす色香を放ち、体育祭のスパッツなんてはるかに上まわる破壊力である。

それでも順平は、必死に気を取り直して言った。

「なっ、なにをするんですか？　なんの真似ですか、ユッコ先輩っ……やっ、やめてくださいっ……ユッコ先輩はそんな人じゃないでしょう？」

「ごめんね……」

由希子は意味ありげに眼を細め唇を半開きにした。

「わたしはもう、そんな人なの。高校時代のわたしじゃないの。信じてくれないかもしれないけど、高校時代、わたしずっとヴァージンだったのよ。でもいまは、結婚もしてれば、不倫までしている……ううん、人妻のくせに他の男に抱かれたがるような、ふしだらな女なの……」

「ううう っ……」

金縛りに遭ったように動けない順平の太腿には、由希子の手が置かれていた。その手がじわじわと股間に迫ってくる。

「……よかった」

由希子は嚙みしめるように言うと、満面の笑みを浮かべた。

「大きくなってる……興奮してるのね、順平くん?」

「いっ、いやっ、それはっ……」

言い訳しようにも、順平のイチモツはたしかに勃起していた。痛いくらいに硬くなり、ズキズキと熱い脈動まで刻んでいる。

「おおおっ……」

ズボンの前にできた男のテントを撫でられると、声がもれてしまった。

「元気いいのね？　元気のいい男の人、わたし好きよ。高校時代は男の人の性欲がちょっと怖かったけど、いまは逆。時が経てば、人だって変わる……わたしの下着を見て興奮してくれる男の人が、わたしは好き……」

ささやくように言いながら、すりっ、すりっ、と順平のテントを撫でさすってくる。その手つきは、たしかにヴァージン女子高生のものではなかった。三十四歳の人妻、さらにはド変態の爺さんと不倫までしている女に相応《ふさわ》しく、撫で方が異様にいやらしい。

「むっ……むむむっ……」

順平の顔は燃えるように熱くなっていった。さっさと由希子の手を払いのけるべきだと思っていても、体はまったく動いてくれない。それどころか、男のテントを撫でられるほどに、ペニスはますます硬くなっていき、熱い我慢汁まで漏らしはじめる。あまりに漏らしすぎて、ブリーフの中がヌルヌルになっていく。

「ねえ、順平くん……」

甘ったるい猫撫で声に、体の芯がゾクッと震えた。

「オチンチン舐められるの、好き？」

そんなの嫌いな男なんていない！　と順平は胸底で絶叫した。

すりすりと男のテントを撫でられながら、順平はごくりと生唾を呑みこんだ。

「ふやけるくらいにオチンチンしゃぶりまわして、気持ちよくしてあげたっていいんだよ？」

視線と視線がぶつかりあった。

「舐めてあげようか？」

3

由希子が不意に、男のテントを撫でるのをやめた。

「……やだ」

「伝線しちゃったみたい……」

「はっ、はい？」

一瞬なんの意味かわからず、順平は間の抜けた声を出してしまった。由希子の下半身に視線を向けると、ストッキングの内腿あたりが派手に伝線していた。下が畳なので、こすれてしまったらしい。

「すっ、すいません……この部屋の畳、けっこう古いから……」

マンションを改修するのに際し、民泊施設にする部屋から優先して新しい畳に替えたので、自室は古いままだった。順平はさして気にしていなかったのだが、座布団もなくストッキング姿の女性を座らせるのは悪かったかもしれない。

「チャンス到来ね」

由希子が意味ありげに眼を輝かせた。

「はっ？　ここ、コンビニまでも遠いから困っちゃいましたね」

「大丈夫よ。ストッキングの替えくらいバッグに入ってるから」

「……ならよかったですが」

「そんなことより、伝線しちゃったストッキングは、もう捨てるしかないじゃない？　っていうことは、もっとビリビリに破いてもいいわけよ」

「……なんの話ですか？」

「破く役、やりたくないの？」

「はあ？」

順平はあんぐりと口を開いた。「時が経てば、人だって変わる」と由希子は言った。たしかにそういうこともあるだろうが、それにしても変わりすぎである。

「どうするの？　わたしのストッキング、破くの？　破かないの？」

「そっ、そんなこと言われてもっ……」

「やだなあ。順平くんって、意外にチキンなのね。こんなのお遊びなんだから、破ってくれればいいじゃない」

由希子はそう言うと、畳の上にあお向けに横たわった。チェックのミニスカートの前をあらためてめくり直し、さらに順平に向かって両脚をM字にひろげていく。

（うっ、うおおおおおおーっ！）

順平は胸底で絶叫した。お遊びというにはあまりにも大胆、身も蓋もないほどいやらしすぎる姿に、卒倒しそうになった。

由希子はまだ、下着を着けている。生身の恥部をさらけだしたわけではないが、かつて品行方正な優等生で、いまだって清純派で通りそうな由希子が、ミニスカートを穿いたままM字開脚は……。

「破くなら早くしてよね」

由希子がキッと眼を吊りあげて睨んできた。

「わたしだって、こんな格好しているの恥ずかしいんだから」

恥ずかしいならしなければいいじゃないか！　という正論すぎるほどの正論を、順平はぐっと呑みこんだ。目の前の光景は、それほどまでに悩殺的だった。

純白シルクのパンティとストッキングのセンターシームが奏でるハーモニーがエロティックすぎて、口内に大量の唾液があふれてくる。

（やっ、破くだけならいいじゃないか……ユッコ先輩が言うみたいに、破くだけのお遊びなら……）

東京時代に何度か行ったことがあるフーゾク店で、ストッキング破りは三千円のオプション料金がかかる特別なプレイだった。由希子のような美女がそれをタダでやらせてくれるというのなら、無下に断るのは愚か者の所業だ。

もちろん、ストッキングを破くだけで、その先のことまでするつもりはない。由希子を抱き、彼女の共犯者になるわけには断じていかないが、ストッキングくらいなら……。

「ねえ、早く……」

由希子が伝線している内腿を指でなぞる。その手つきも、瞼《まぶた》を半分落とした悩ましい表情も、男の本能をダイレクトに揺さぶってくる。

「やっ、破くだけでもいいですかね？　その先はなしでも……」

順平が卑屈な上眼遣いで訊ねると、

「いいわよ、もちろん」

由希子は菩薩《ぼさつ》のような微笑みを浮かべてうなずいた。

「しっ、失礼します！」

順平はまなじりを決して、両手を由希子の下半身に伸ばしていった。身を乗りだしたことによって、女の匂いが鼻先で揺らいだ。

（こっ、これがユッコ先輩のオマンコの匂い……）

眩暈《めまい》を誘うほどいい匂いだった。しかしいまは、それにとらわれていてはいけない。内腿の伝線しているナイロンを、両手でつまみあげた。本当はストッキング越しに内腿を撫でまわしたかったが、ぐっとこらえてナイロンを引き裂く。

ビリビリビリーッ！　とサディスティックな音をたててストッキングを破ると、なんとも言えない達成感がこみあげてきた。と同時に、内腿の真っ白い素肌が順平の眼を射《う》つ。

（しっ、白いっ……白くて細いのに、むちむちしてる……）

呼吸も忘れて凝視してしまったが、

「もっと破いて……ほら、反対側も……」

由希子にささやかれ、順平は操り人形のように反対側のストッキングもつまんで破いた。

左右のナイロンが裂けた。白い内腿の素肌を露出しつつ、両脚をM字にひろげている由希子は、まるで凌辱を受けているような姿になった。無残でありながら、たとえようもない濃厚な色香を放っていた。残酷美とでも言えばいいのか、美人は穢されてなお美しい……いや、穢されたほうがよりいっそう芳醇《ほうじゅん》なエロスを放つ……。

「真ん中も破っていいのよ……」

由希子の声が胸にしみこんでくる。なるほど、これがフーゾク店のオプションなら、メインイベントは股間のセンターシーム裂《ざ》きだろう。しかし、それをすると露出するのは純白シルクのパンティである。そんなものを目の当たりにして、正気でいられる自信がない。

「いっ、いやっ……もうこれで充分ですからっ……」

「なに言ってるのよ、始めたことは最後までやり遂げなさいよ、男でしょ」

「いや、まあ……ううっ……」

順平は身をよじって悶えた。順平にしても、心の底から「これで充分」と思っているわけではなかった。由希子にここまで煽られて、欲望をこらえきれるほどの人格者でもない。

「やっ、やりますよっ……やっちゃいますからねっ……」

いまにも泣きだしそうな顔で股間に両手を伸ばしていき、極薄のナイロンをつまんだ。ええいままよ、と左右に引き裂くと、センターシームがぱっくりと割れ、純白シルクのパンティがその全貌を露わにする。

「くぅおおおおおおーっ！」

順平は顔をくしゃくしゃにして滑稽な叫び声をあげた。高校時代、スパッツ姿を見ただけで勃起していた女の股間に、まぶしいほどの純白シルクのパンティがぴっちりと食いこんでいる。その姿は、ナイロン被膜に覆われていたときより鮮烈で、恥丘のこんもり具合も生々しい。

「うぐっ！」

唐突に由希子の両脚が首に巻きついてきたので、順平は仰天した。巻きついただけではなく、ぐいぐいと引き寄せられる。必然的に顔面が股間に密着し、シルクの生地の向こうから、妖しい湿気を孕《はら》んだ女の匂いが鼻腔に流れこんでくる。

「ぐぐっ……なにっ……なにをするんですっ……」

呼吸さえままならない状況に、順平は悶絶した。格闘技の首締め技のようだったが、もちろんふたりはスパーリングをしているわけではない。由希子の目的は、順平の顔を自分の股間に押しつけることだった。

（こっ、これはっ……この感触はっ……）

純白シルクの生地の向こうに、くにゃくにゃしたなにかを感じた。女性器の柔《やわ》肉《にく》に違いなく、脳味噌が沸騰しそうなほど興奮してしまう。

それはともかく、まともに呼吸ができなかった。息苦しさのあまり意識が遠くなりそうだったが、不思議なくらい気持ちがよかった。

下着越しとはいえ、由希子の柔肉の感触を顔面で味わい、鼻腔にはただの空気の変わりにメスみを帯びた女の匂いが絶え間なく流れこんでくる。興奮だけがどこまでも高まっていく中、もう死んでもいい、と順平は胸底でつぶやいた。

4

「ねえ、苦しい？」

由希子がささやきかけてきた。視界を純白パンティに遮られている順平には、彼女の声しか聞こえなかった。

「ぐっ、ぐるしいですっ……」

濁った声で答えると、

「わたしも苦しいの。わかるわよね？」

さっぱりわからなかったので、順平は言葉を返せなかった。

「エッチがしたくて、苦しくてしようがないの」

「ぞ、ぞんなごと言われてもっ……」

「離してほしいの？」

「ほしいです……」

「クンニしてくれるなら、離してあげてもいいんだけどな」

「むっ、無理っ……」

この期《ご》に及んで常識人であろうとする自分を、順平は褒めてやりたかった。

「どうして？　順平くん、クンニ下手そうだから、女がすごい感じる究極のクンニを教えてあげてもいいんだよ」

えっ？　と思った。由希子を見た目だけで判断すれば、クンニリングスのやり方をレクチャーしてくれるようなタイプではない。ベッドの中ではおとなしく、すべてが受け身の女に見える。ド変態・鷹宮に調教されているのは例外として、それ以外の男、たとえば夫婦生活では消極的としか思えない。

だが、そうは言っても彼女も三十四歳の人妻。ベッドマナーが洗練されていてもおかしくないし、なにより順平はクンニがうまい男になりたかった。東京でバーテンダーをしていたとき、泥酔した女性客と下ネタで盛りあがることがよくあった。彼女たちがこぞって口にしていたのは、クンニがうまい男と付き合いたいということだった。

（ほっ、本当なのか？　ユッコ先輩、本当に感じるクンニを教えてくれるんだろうか？）

学びたくても学ぶ機会がないのがベッドマナーであり、クンニはその最たるものだろう。ＡＶのクンニの場面には、モザイクがかかっている。男優の舌がどこをどう舐めているのか、モザイク越しではまるでわからない。おかげで順平はいつまで経っても自分のクンニに自信がもてず、天敵・千鶴を辱めたときだって、大人のオモチャに頼らざるを得なかった。

「グッ、グンニ、教えてくださいっ……」

息苦しさも限界に達していたので、順平は由希子の軍門に降《くだ》った。

「ふふふっ……」

由希子は首を絞めている両脚から力を抜いた。

「わたしのエッチなところ、舐めたいわけね？」

「……はい」

順平はハアハアと息をはずませながらうなずいた。舐めたいのか舐めたくないのかと問われれば、舐めたいに決まっているが、それ以上に、感じるクンニのやり方が知りたい。

「それじゃあ、ユッコ先生の特別講義の、始まり、始まり……」

由希子は立ちあがると、破れたストッキングを脱いだ。続いて純白シルクのパンティまで脚から抜く。チェックのミニスカートは穿いたままだったし、上半身に至っては白いニットまで着ていたが、ノーパンになったことで室内の緊張感がいや増した。

「あお向けになって」

由希子に命じられ、順平はその体勢になった。

「ちょっと失礼……」

天井を向いている順平の顔の両サイドに、裸足になった由希子の両足が置かれた。こちらの顔を挟むようにして、仁王立ちになった。

「なっ、なんですか？」

クンニの始まりとは思えない異様な光景に、順平は戸惑った。見上げれば、チエックのミニスカートを穿いた由希子が立っている。ノーパンなはずだが、陰になって中までは見えない。

「いくわよ……」

由希子は恥ずかしげに顔をそむけて言うと、腰を落としてきた。蹲踞《そんきょ》をするように、両脚をM字に割りひろげて……。

「うっ、うわあっ……」

スカートの中が迫ってきて、順平の顔はこわばりきった。

（がっ、顔面騎乗位かよっ！　エロすぎるだろっ！）

スカートの中はまだよく見えなかったが、ぼんやりと剝きだしの股間があることはわかる。スカートの陰になった薄闇の中で女の割れ目が淫靡《いんび》に息づき、一秒後には、女の匂いをむんむんと振りまきながら順平の口をぴったりと塞いだ。

「むむっ！　むぐぐっ……」

パンティ越しに感じた股間とは、あきらかに感触が違った。じっとりと湿り気を帯びた花びらが口を塞ぎ、たまらず舌を差しだすと割れ目の形状を感じた。ここに由希子の肉穴があると思うと、いてもたってもいられないくらい興奮してしまった。

「上手なクンニのやり方はね……」

由希子が言った。順平の顔にはスカートが覆い被さっているので、彼女の顔は見えない。

「自分からガツガツ舐めないことよ。舌なんて動かさなくていいの……」

意味がわからなかった。

「動くのは女……女もある程度経験を積めば、自分が気持ちのいいところがわかるから……男は舌を差しだすだけで、女が動けばいいわけよ……自分でいいところを探せばいいの……ほら、舌出して。ダラーンと……」

「ううっ……うわあっ……」

順平は限界まで口をひろげ、大きく舌を差しだした。くにゃくにゃした花びらが舌の上に載っていた。

「あああっ……」

由希子がせつなげな声をもらし、動きはじめる。腰を前後に振りたてて、股間を顔面にこすりつけてくる。

「むぐっ……むぐぐっ……」

みるみるうちに顔面を発情の蜜まみれにされ、順平は悶絶した。感じる部分が舌にもあたっているのだろうが、唇にも鼻の頭にもあたっている。あまりにいやらしい花びらの感触に舐めたくなっても、動くなと言われた以上、こちらから動くことはできない。

（ほっ、本当にこれが、究極のクンニなのか？）

自分からなにもしていないので、順平にはまるで手応えがなかった。とはいえ、由希子の腰の動きは熱を帯びていく一方だし、発情の蜜の分泌量もすごい。顔中がヌルヌルになっているのに、まだ新鮮な蜜があふれてくる。由希子が許してくれるなら、音をたてて啜《すす》りたいくらいだ。

（こっ、これはまさか……クリトリス？）

舌の上に小さな突起を感じ、順平は息を呑んだ。最初に舌と股間が密着したときは気づかなかったから、由希子が興奮してクリも膨張したのかもしれない。あるいは彼女が言うように、感じるところをみずからあてるコツをつかんだのだろうか？

「ああっ、いいっ！　いいわあああっ……」

由希子はいやらしすぎるあえぎ声をあげて、クイッ、クイッ、と腰を振りたてる。あふれだした新鮮な蜜は、順平が啜らなくても自然と口に入ってくるが、舌を伸ばしているのでうまく嚥下《えんげ》することができない。

そのときだった。

不意に目の前が明るくなった。

順平の顔を覆っていたチェックのミニスカートを、由希子がめくったのだ。

(うっ、うわあああーっ!)

順平はもう少しで叫び声をあげるところだった。こちらの視覚を奪っている間に、由希子は上半身裸になっていたのだ。ニットを脱ぎ、ブラジャーを取って、形のいいお椀形の乳房を露わにしていた。彼女の腰の動きに合わせて、丸みを帯びた裾野がはずみ、物欲しげに尖ったピンク色の乳首も揺れている。衝撃的な光景に、順平は正気を失いそうになった。

(なっ、なんて綺麗な乳首なんだよ。これが三十四歳の人妻の乳首か!)

あまりに清らかなヌードだった。順平はまばたきも呼吸もできなくなったが、目の前に忽然《こつぜん》と現れた憧れのマドンナの裸身を、じっくりと堪能することはできなかった。

「じゅ、順平くんっ……順平くんっ……」

由希子が腰を振りながらこちらを見てきた。限界まで眉根を寄せ、大きな黒い瞳をねっとりと潤ませたその表情には欲情が生々しく浮かびあがり、ヌードを凌駕しそうなほどエロティックだった。

「イッ、イッちゃいそうっ……わたしもうっ……もうっ……イッ、イッちゃいそうよっ……」

そう言われても、順平にできることはなにもなかった。動くなと言われているのだから、黙って舌を差しだしていることとしか……。

「ああっ、いいっ！　気持ちいいっ！」

みずから動くことができない男の顔面を、由希子は容赦なく責めたててきた。興奮しているせいだとはいえ、窒息寸前で眼を白黒させている順平のことなどおかまいなしに、ぐいぐいと腰を振りたてて股間をこすりつけてくる。

（ダッ、ダメだっ……もうダメだっ……）

薄れゆく意識の中で、順平が失神する覚悟を決めたときだった。

「イッ、イクッ……」

由希子が絞りだすような声で言った。

「イッ、イクッ……わたしもうイッちゃうっ……イクイクイクイクッ……はぁあああーっ！　はぁああああああーっ！」

甲高い悲鳴をあげて、由希子はオルガスムスに駆けあがっていった。快楽の暴風雨に翻弄された彼女は激しく身をよじり、ビクビクと腰を跳ねさせながら、左右の太腿で順平の顔をぎゅうっと挟んだ。

「むぐっ！　ふぐうううううーっ！」

抗う術がなにもない順平は、ただ由希子の動きを受けとめることしかできなかった。失神しなかったことが奇跡に思えたほど息苦しい時間が、ようやく終わってくれそうだった。

5

（しっ、死ぬかと思ったっ……）

順平がなんとか呼吸を整えて体を起こすと、由希子は亀のように丸まっていた。ほとんど全裸でも、チェックのミニスカートだけはまだ穿いているので、尻の桃割れは隠れていた。とはいえ、屈んでのぞきこめば、イキたての女の花が見えそうな格好である。

「ううっ……ううっ……」

むせび泣くような声が聞こえ、丸めた体が小刻みに震えはじめたので、

「ユッコ先輩？」

順平は小さく声をかけた。

「だっ、大丈夫ですか？」

「ううう っ……」

振り返った由希子の眼には涙が浮かび、恨みがましく睨まれた。

「ひどいじゃないの？　わたしばっかりイカせるなんて……順平くんって、女だけをイカせて恥をかかせたい男だったの？」

「えええっ？」

そんなことを言われても、と順平は泣きそうな顔になった。クンニを求めてきたのも彼女なら、顔面騎乗位で勝手にイッたのも彼女なのである。こちらにはなにひとつ落ち度はないと思うが……。

「わたしをイカせたからには、順平くんもイカないと許さないからね。抱いてくれるわよね？」

順平は遠い眼になり、ふーっと大きく息を吐きだした。結局こういうことになるのだな、ともはや諦めの境地だった。

口止めのために体を与えられ、不倫妻の共犯者となる——相手がかつて憧れたマドンナでも、いや、だからこそそんな関係になるのは嫌だった。清らかな由希子には、いつまでも清らかなままでいてほしかった。

しかし、クンニまでしてしまった以上、もはや穏便な結末は望めないだろう。順平にしたって三十三歳の立派な大人なのだ。由希子がストッキングを破ってもいいと言いはじめたときから、それが薄々彼女の罠であることくらい気づいていた。気づいていてなお、きっぱりと断れなかったのだから、いまさらジタバタあがいてもみっともないだけだ。

(もういいよ。それでユッコ先輩が納得してくれるなら……)

順平はもう一度、ふーっと大きく息を吐きだすと、部屋の隅に畳んであった布団を敷いた。掛け布団だけは押し入れに突っこみ、敷き布団と枕で情事の準備を整える。

「先輩……こっち来てください……」

力なく声をかけると、由希子は亀のように体を丸めた格好のまま、片手を天井に向けた。蛍光灯を消せ、ということらしい。

(まったく……)

明るい中で顔面騎乗位までしておいて、いまさら恥ずかしがるなんておかしな人だと思いながら、順平は蛍光灯をオレンジ色の常夜灯に変えた。暖房はもう充分に効いていたし、オルガスムスに達した由希子がメスの匂いを振りまいているので、部屋が一気に淫靡な雰囲気になる。

由希子は亀の格好のままコソコソと布団の上に移動してから言った。

「順平くんも服を脱いで……わたしばっかり裸なの恥ずかしいから……」

はいはい、と順平は胸底でうなずいた。そそくさと服を脱ぎ、ブリーフまで一気に脚から抜くと、勃起しきった男根が唸りをあげて反り返り、湿った音をたてて下腹を叩いた。

(すっ、すげえなっ……)

われながら、ドン引きしてしまいそうなほどの勃ちっぷりだった。高校時代でさえ、こんなにも勢いよく反り返っているイチモツは見たことがない。

だが、考えてみればそれも当然だった。

高校時代のオナペット——と言って悪ければ、恋慕の情を寄せていた由希子がいま、セックスをさせてくれようとしているのである。手放しで歓迎できないとはいえ、これほどの幸運には二度と巡りあえないだろう。

(よーし……)

順平は開き直った気分で、布団の上で亀の格好になっている由希子に身を寄せていった。陣取ったのは、もちろん彼女の右側だ。そのほうが、利き腕の右手で愛撫がしやすい。

「ユッコ先輩……」

肩を揺すり、あお向けの体勢にうながす。由希子はしっかりと眼をつぶっていた。祈るような表情に見えるのは、彼女にしてもこんなセックスはしたくないからかもしれない。口止めのためのセックスなんて……。

「やっぱりやめときますか？」

小声でささやきかけると、由希子は眼をつぶったまま首を横に振った。

「じゃあ、キスしてもいいですか？」

「そんなこといちいち聞かないで！」

眼を開いてキッと睨んでくる。

「好きなようにすればいいわよ、文句なんて言わないから」

由希子がもう一度しっかり眼をつぶると、順平は彼女に気づかれないように何度か深呼吸してから、顔を近づけていった。

顔が異様に小さいのに眼がとても大きいのが、由希子の顔の特徴だった。だがそれ以外にもうひとつ、チャームポイントがある。サクランボのように赤くプリプリした唇である。

「……ぅんっ！」

キスをすると、由希子は小さくうめいた。一方の順平は、雄叫びをあげたいくらいに興奮していた。

（しっ、しちゃったよっ……キスしちゃったよ、ユッコ先輩とっ……）

夢にまで見た学園のマドンナとの口づけだが、これは夢ではなかった。由希子の唇は見た目以上にプリプリしていて、可愛いだけではなく途轍《とてつ》もなくいやらしい感触がした。

舌を差しだし、舐めまわした。由希子も口を開け、舌を差しだしてくる。舌と舌とをからめあえば、今度は小さくてつるつるしている由希子の舌の感触に陶然となる。甘い吐息の匂いが眩暈を誘ってくる。

「ぅんっ……ぅんんっ……」

順平は夢中で由希子の舌を吸いたてた。淫らなほどにからめあい、唾液を啜っては嚥下した。

もちろん、キスばかりに没頭しているわけにはいかなかった。口づけを深めていきつつ、右手を由希子の胸に伸ばしていく。服にもブラジャーにも守られていない、生身のふくらみを手のひらで包み、やわやわと揉みしだく。

「あああっ……」

由希子が眉根を寄せて声をもらした。まだ感じているというわけではないだろうが、その表情がいやらしすぎて、順平のボルテージは一気に上昇した。

丸みと弾力を帯びた乳房をねちっこく揉みしだきつつ、先端もコチョコチョとくすぐってやる。顔面騎乗位の興奮がまだ残っているのだろう、由希子の乳首は淫らなほどに硬く尖って、感度も高そうだった。

（三十四歳の人妻なのに、ピンクの乳首なんてな……）

感嘆しながら片方の乳首を口に含むと、

「あううっ！」

由希子は甲高い声をもらした。普段よりも二オクターブも高い、セックスのとき専用の声である。

「むうっ！　むううっ！」

興奮しきった順平は左右の乳首を代わるがわる口に含み、熱烈に吸いたてた。舌で転がし、甘嚙みまでした。オレンジ色の常夜灯に照らされたピンク色の乳首は唾液をまとってテラテラと光り、刻一刻といやらしい姿になっていく。由希子も感じているのだろう、くぐもった声をもらしながら身をよじりはじめ、ハアハアと呼吸も荒くなってきた。

となると……。

いよいよ本丸に攻めこまなければならないだろう。

順平は左腕で由希子の肩を抱きつつ、右手を彼女の下半身に伸ばしていった。チェックのミニスカートはまだ穿いているが、パンティもストッキングもすでに脱いでいる。ノーパンだから、ミニスカートをちょっとめくるだけで、優美な小判形の草むらが姿を現した。

（たっ、たまらないなっ……）

ごくり、と順平は生唾を呑みこんだ。昨今流行《はや》りのパイパンも嫌いではないし、千鶴のように黒々とした野性的な陰毛も悪くはないが、由希子の草むらは見るからにエレガントで、美しさと卑猥さが拮抗《きっこう》している。

「んんんっ……」

すかさず右手を伸ばしていくと、由希子は鼻奥で悶えた。可愛い顔を歪ませつつも、次第に紅潮してきているのが常夜灯の下でもわかる。

　順平は縮れの少ない陰毛を撫でたりつまんだりしてから、恥丘を撫でた。高校時代の体育祭の、スパッツ姿が脳裏をよぎっていく。こんもりした恥丘のカーブをなぞるように指を這わせれば、見た目以上に土手高だった。土手高の女は名器が多いという俗説があるけれど、由希子はどうだろう？　期待に胸を躍らせながら、手指をその下にすべらせていく。

「うっくっ……」

　由希子がぎゅっと太腿を閉じた。この期に及んでおぼこい反応だが、順平は興奮した。由希子のように清楚な美女は、人妻になってもおぼこいくらいがちょうどいい。いきなり顔面騎乗位を仕掛けられるより、はるかに男の本能を揺さぶられるというものだ。

「あああああっ……」

　両脚をひろげてやると、由希子はせつなげにあえいだ。ひどく恥ずかしそうな表情をしているのは、両脚の間がどうなっているのか、自分がいちばんよくわかっているからだろう。

　内腿までべっとりと蜜が付着していた。顔面騎乗位の余韻だけではなく、新鮮な蜜を漏らしつづけているような感じがした。

手指を女の花に近づけていくほどに、淫らな熱気を感じた。尋常ではない熱さだった。

「あうううう——っ！」

右手の中指が割れ目に到達すると、由希子はのけぞってその日いちばん甲高い声を放った。

6

順平は自分にできることを総動員して、由希子を愛撫した。

左腕で彼女の肩を抱きつつ、指先では左の乳首をいじっている。順平から見て手前にある右の乳首は舌で舐め転がし、右手は彼女の股間にある。中指でねちねちとクリトリスを転がしてやれば、

「あああっ……はぁあああっ……はぁうううう——っ！」

由希子は声をあげて身をよじり、半開きの唇をわなわなと震わせる。手マンを始めてしばらくは、派手に声をあげるのも身をよじるのもこらえていたようだが、もう感じていることを隠しきれていない。

（でっ、でかいクリだな……）

敏感な肉芽《にくが》を根気強く撫で転がしている順平は、胸底でつぶやいた。顔面騎乗位のときは気づかなかったが、由希子のクリトリスは小粒の真珠くらいありそうなほど大きかった。クリが大きいと感度が高まるのかどうかはわからないが、いやらしすぎる触り心地である。

「じゅっ、順平くんっ……」

由希子は薄眼を開けると、ハアハアと息をはずませながら言った。

「ゆっ、指でするの、うまいのね？　感心しちゃう……」

「そっ、そうですかねえ……」

順平は内心で首をかしげた。他の女に、そんなことを言われたことがなかったからだ。ただ、愛撫にも相性があるというのはわかる。同じようなやり方で手コキをされても、まるで興奮しない場合もあれば、びっくりするほど気持ちがいいこともある。

あるいは、この中指に、十六年越しの情熱が込められているのかもしれない。そこが学園のマドンナの敏感な肉芽であれば、乱暴に扱うことなんてできないし、どうしたって指先に神経が集中していく。

「あっ、あんまりうまいからっ……わたしっ……まっ、またイッちゃいそうなんだけどっ……」

「いいですよ」

順平はうなずいた。イキやすい人なんだな、とちょっと思ったが、もちろんそんなことはおくびにも出さない。

「いいですよ、ユッコ先輩……イッてください」

順平はやさしくささやいたが、

「ダメッ！」

由希子は唐突に声を跳ねあげると、順平の右手を股間から払った。素早い身のこなしで体を離し、愛撫をすべて中断させてしまう。

「わたしばっかりイカされるのは、いやって言ったでしょ。今度は順平くんがイク番なの……」

由希子は恨みがましく言い募《つの》ると、順平の両脚の間に移動してきた。乱れた髪を直しつつ、目の前でそそり勃っている男根をじっと見やる。

順平はごくりと生唾を呑みこんだ。由希子は男根にそっと指をからませると、ゆっくりとしごきはじめた。

「むううっ……」

順平の息はとまった。女らしく細い由希子の指先は、他の女にしごかれたときとはまるで違う快感を与えてくれ、三回ほど手筒が往復しただけで、熱い我慢汁が噴きこぼれた。

（フェ、フェラをっ……してくれるのか？）

期待と不安が胸をざわめかせ、いても立ってもいられなくなってくる。フェラチオが嫌いな男はいない。だが、由希子にフェラチオは似合わない。学園のマドンナにそんなことをさせるのは申し訳なさすぎるが、かといって断ることなどできやしない。

「……ぅんあっ！」

由希子は口をひろげて舌を伸ばすと、亀頭に近づけてきた。舐められる！　と順平は身構えたが、由希子は舐めてこなかった。途中で気が変わったのか、素早く舌を引っこめると、唇を尖らせて鈴口に押しつけてきた。噴きこぼれている熱い我慢汁を、チュッと吸った。

「むううーっ！」

順平は思わず腰を反らせた。われながら大げさなリアクションだと、顔から火が出そうになった。

それを尻目に、由希子は亀頭を舐めはじめた。ソフトクリームを舐めるように舌を動かし、みるみるうちに亀頭が唾液の光沢にコーティングされていく。

（なっ、舐められてるっ……ユッコ先輩にチンポを、舐められてるっ……）

目の前の光景が現実とは思えず、押し寄せてくる快感もまた、現実とは思えないほど気持ちいい。

由希子の舌の感触は初々しかったが、舐め方は多彩にして大胆だった。舌先で亀頭の裏筋をチロチロとくすぐってきたかと思うと、ツツーッ、ツツーッ、と竿の裏側を舐めあげてきた。

まるで夢の中にいるような気分だったが、順平は一度、彼女がフェラをしているところを目撃している。もちろん、鷹宮とSMプレイに興じているところを盗撮したときである。

真っ赤な首輪をつけ、アナルプラグで尻尾までつけられ、バラ鞭で叩かれながら六十過ぎの醜男《ぶおとこ》の男根をしゃぶっていた場面が、脳裏をよぎっていく。正視に堪えないおぞましい光景にもかかわらず、思いだすと異様な興奮がこみあげてくるのはなぜなのか？

鷹宮が男の夢を叶えているように見えたからか？　あるいはひどい扱いを受け

ているにもかかわらず、由希子が興奮しているように思えたからか？

考えはまとまらなかった。というか、考えていること自体ができなくなった。

由希子がぱっくりと男根を頬張り、しゃぶりはじめたからである。

「むううーっ！」

順平は首に筋を浮かべてのけぞった。可愛い由希子が男根を咥えているヴィジュアルは衝撃的だった。舐め顔というものは、どんな女でもいやらしいものだが、美形であるほどギャップが生まれるのは当然のこと。

しかも、盗撮モニターで見たときは、それほどうまいフェラには見えなかったのに、実際にしゃぶられてみると、由希子のフェラは驚くほど練達だった。

まず、いちばん敏感なカリのくびれを、唇の裏側のつるつるしたところで、丁寧にこすりあげてくる。そうしつつ、口内でしきりに舌を動かしてくるし、根元をしごく指先の動きもいやらしい。

たまらなかった。

これが三十四歳の人妻の実力なのか？　あるいはド変態・鷹宮に調教された成果なのか？　いずれにせよ、順平は正気を失いそうなほどの快感に翻弄され、体中が小刻みに震えだした。

「ぅんんっ！　ぅんんっ！」

由希子は鼻息を可憐《かれん》にはずませながら、しゃぶりあげるピッチをあげていった。時折、強く吸われると、体の芯に電流が走った。

（うっ、嘘だっ……）

順平は、自分の体の異変に戸惑った。射精欲がこみあげてきてしまったのだ。由希子がフェラを始めてまだ三分と経っていないから、普段ならあり得ない話だった。

しかし、気のせいではなく、射精がいまにも訪れそうで、

「ちょっ……まっ……ユッコ先輩、ストップ！」

順平はあわてて彼女の肩を押し、男根を口唇から抜かなければならなかった。

「どうしたの？」

由希子がねっとりと潤んだ上眼遣いをこちらに向け、唾液にまみれた口許《くちもと》を指先で拭う。

「あっ、いやっ……」

もう少しで暴発しそうだった、とは口が裂けても言えなかった。つまらない男の見栄かもしれないが、早漏野郎のレッテルを貼られるのは耐えがたい屈辱であ

る。

「すっ、すいませんっ……すごい気持ちよかったんですがっ……ユッ、ユッコ先輩が……欲しくなってしまいました」

まなじりを決して言うと、由希子は口許だけで小さく笑った。その妖艶な笑顔に、順平の心臓はドキンとひとつ跳ねあがった。

女というのは不思議なものだと思った。いま目の前にいる由希子は、順平が知る彼女とは別人だった。いや、服を脱ぎ、セックスを始めてから、由希子は次から次に新しい顔を見せてくる。どんどんいやらしくなっていく……。

7

「これ、邪魔よね……」

由希子はこちらに背中を向け、チェックのミニスカートをもぞもぞと脱いだ。

これで彼女も、一糸まとわぬ姿だ。

「どうする？　わたしが上になる？」

由希子が背中を向けたまま言った。

「いえ……」

順平は彼女の肩を抱き、あお向けに横たえた。顔面騎乗位のときの腰振りから察するに、由希子の騎乗位はいやらしすぎるうえにエネルギッシュで、セックスが盛りあがることは容易に想像できた。しかし、彼女を抱くなら正常位一択、順平はそう思っていた。

理由は簡単だ。顔を見ながらセックスしたいのである。照れてしまいそうな気もするし、自分の顔を見られるのも恥ずかしいが、それでも正常位で繋がる以外に考えられない。由希子のチャームポイントはなんと言っても可愛い顔であり、それが淫らに歪むところを見逃すことなどできやしない。

「俺が上でいいですか？」

言ったときにはもう、由希子の両脚の間に腰をすべりこませていた。彼女がうなずいてくれたので、順平は勃起しきった男根を握りしめ、切っ先を濡れた花園にあてがっていった。

（たっ、たまらないなっ……）

優美な小判形に茂った黒い草むらの下で、蜜を垂らしている女の割れ目――アーモンドピンクの花びらがチラリと見えているところに亀頭を密着させたその光景は衝撃的ないやらしさで、正常位を選んでよかったと思った。この光景を思いだすたびに、どんな状況でも勃起してしまいそうだった。

「順平くん……」

由希子が両手を伸ばしてきたので、順平は上体を覆い被せて抱擁に応えた。右腕で彼女の肩を抱きつつ顔をのぞきこめば、由希子も見つめ返してくる。視線と視線がぶつかりあい、唇と唇が自然と吸い寄せられていく。

「ぅんんっ……ぅんあっ……」

口づけが熱烈になっていくと、下半身もじっとしていられなかった。遠慮がちに腰を前に送りだし、ずぶっ、と切っ先を割れ目に埋めこんでいく。

「あううっ……」

由希子の中はよく濡れていたから、いきり勃った男根をスムーズに受け入れてくれた。しかし、だからといって一気に根元まで埋めこんでしまうのは愚行に思われた。順平は亀頭だけを入れた状態で小刻みに腰を前後させた。ねちゃっ、くちゃっ、と粘りつくような音をたてて軽いピストンを送りこみつつ、由希子の舌をしゃぶりまわす。

「ぅんあっ……あああっ……」

由希子は奥まで欲しがっているようだったし、あえぎたがっているようにも見えた。

しかし順平は、彼女を焦らすように浅瀬での抜き差しを繰り返した。舌を吸うだけではなく、乳房を揉んだり、乳首を舐め転がしたりしつつ、じりじりと結合を深めていく。焦れきった由希子がすがるような眼を向けてくると、ようやく男根を根元まで埋めこんだ。

「くぅうううう━っ！」

由希子が喉を突きだしてのけぞる。深々と咥えこまされた感触を噛みしめているかのようなうめき声をあげ、順平にしがみついてきた。

（なっ、なんだっ？）

順平にはなんとも言えない違和感があった。憧れのマドンナとひとつになれたことを単純に喜ぶことができないほどの違和感だったが、不快感とはまったく違う。むしろ、結合しただけで全身の産毛《うぶげ》が逆立つような歓喜がこみあげてきたが、そのときはまだ、原因まではわからなかった。

「……ちょうだい」

由希子がこちらを見つめながら、震える声を絞りだした。順平はうなずき、まずは腰をグラインドさせた。右腕で彼女の肩をしっかりと抱きながら、ぐりんっ、ぐりんっ、と腰をまわす。勃起しきった男根で、濡れた肉穴をしたたかに掻き混ぜてやる。

「ああぁっ……ああああっ……」

由希子はひどく焦った顔をし、金魚のように口をパクパクさせた。可愛かった。人妻になっても清らかな彼女にはやはり、おぼこいリアクションが相応しい。

もっと焦らせてやりたかった。こんなはずではなかったと思うくらい、由希子を派手に乱れさせたかった。

「むぅうっ……」

順平は腰の動きをシフトチェンジした。グラインドからピストン運動へ——といっても、いきなり連打は放たない。時間をかけてピッチをあげていくのが、順平のいつものやり方だった。ずずっと男根を半分以上抜き、またゆっくりと入り直していく。

（こっ、これはっ？）

出し入れを繰り返していると、再び違和感が訪れた。

由希子の中はよく濡れていた。内側にびっしり詰まった肉ひだが、いやらしいほど吸いついてもきた。

それだけでも充分に気持ちがいいのだが、性器のサイズや角度が妙にぴったりしている気がした。まるで一本の刀に対して誂《あつら》えた鞘《さや》のように、形状が一致している……。

気のせいなのかもしれなかった。しかし、スローピッチで抜き差しするほどに、それは確信へと変わっていった。

名器、ということなのだろうか？　俗説によれば恥丘のこんもり盛りあがった土手高の女には名器が多いという。由希子はかなりの土手高である。

（しっかりしろ、俺っ！）

セックス中に雑念にとらわれている自分を、順平は叱咤した。由希子が名器の持ち主であるかどうかなんて、いまはどうでもいいことだ。こちらははちきれんばかりに勃起して、由希子は大量の蜜を漏らしている。性器と性器をこすりあわせれば、一往復ごとに気が遠くなりそうなほどの快楽が押し寄せてくる。いまはその快楽を享受《きょうじゅ》しているだけで充分ではないか。

だが、そのとき、

「ねっ、ねえ、順平くんっ……」

由希子がいまにも泣きだしそうな顔で声をかけてきた。

「へっ、変よっ……わたし、変なんだけどっ……」

「どうしたんです？」

「きっ、気持ちっ……気持ちよすぎるっ……よすぎるのっ……」

「いいじゃないですか」

順平は強気に言い放った。由希子もまた、自分とのセックスに違和感を感じているようだった。悪い違和感ではなさそうだったので、小躍りしたくなるほど嬉しかった。とはいえ、正常位で女を貫いている男がニヤニヤするのはみっともない。

「もっと気持ちよくなってくださいよ、ユッコ先輩っ！」

順平は自分を鼓舞するように言い放ち、腰の動きに熱をこめた。ずんずんっ、ずんずんっ、と渾身《こんしん》のストロークで由希子を突きあげた。腰の動きはあっという間にフルピッチにまで達し、怒濤の連打を送りこんでいく。

「はっ、はぁあああああああーっ！」

由希子は順平の腕の中でのけぞり、ガクガクと腰を震わせた。喜悦《きえつ》を嚙みしめるように、背中にぎゅっと爪を立ててきた。

それでいい、と順平は思った。いまは余計なことを考えず、ただ肉の悦びに溺れていればいい。自分もそうだし、由希子もそうだ。セックスとは、このろくでもない世の中や救いがたい人生から刹那《せつな》の間だけ解放される、魔法のような時間のはずだから……。

「むううっ！　むううっ！」

順平は鼻息を荒らげて腰を振りたてた。腕の中でのたうちまわっている由希子を、突いて突いて突きまくった。

熱狂の時間が訪れた。勃起しきった男根を抜き差しするたびに、ずちゅぐちゅっ、ずちゅぐちゅっ、という肉ずれ音が大きくなっていき、由希子はひいひいと喉を絞ってよがり泣く。

だがしかし……。

頭の中をからっぽにして極上の女とまぐわっているはずなのに、三たび違和感が訪れた。深く突きあげたとき、亀頭にコリコリしたものがあたるのだ。

たぶん子宮だろう、と順平は思った。いままでのセックスでは経験したことがなかったが、限界まで深く入れて、亀頭と子宮をこすりあわせると、尋常ではない快感が訪れた。

そしてそれは、由希子も一緒のようだった。

「奥うううううーっ！」

眼を見開いて絶叫した。

「奥にっ……奥にあたってるっ……いちばん奥まで届いてるっ……奥がいいっ……そっ、そこがすごいっ……あああっ、いやっ……こっ、こんなの初めてよ、順平くぅうんーっ！　こんなの初めてよおううううーっ！」

髪を振り乱し、順平にしがみついて激しく身をよじる。ずんずんっ、ずんずんっ、と順平が突きあげるリズムに合わせて、由希子が下から腰を動かしてくる。直線的に抜き差しするこちらの動きに合わせて、彼女は左右に腰を振る。ふたりのリズムが重なると同時に、摩擦感は劇的に上昇し、あまりの気持ちよさに涙が出てきそうになる。

「ユッ、ユッコ先輩っ……ユッコ先輩っ……」

「順平くんっ……順平くんっ……」

汗ばんだ素肌をこすりあわせるように抱擁に熱をこめれば、下半身の動きも熱を帯びていく。

もっと深く！　もっと深く！　と胸底で呪文のように唱えながら、順平は亀頭と子宮をこすりあわせた。そのたびにいままで経験したことのない快感が全身を打ちのめし、息が切れても腰の動きをとめられない。心臓を爆発せんばかりに高鳴らせながら、さらに奥まで貫いていこうとする。

一方の由希子も、激しく乱れながら混乱していた。

「へっ、変よっ！　わたし変になっちゃうっ！」

ぐいぐいと下から腰を使ってくる動きは、さすが人妻と感心したくなるほどいやらしいのに、顔はいまにも泣きだしそうで、切羽つまっている様子が手に取るようにわかる。

「あああああっ……ダメッ！　もうダメッ！　イッ、イッちゃうっ……もうイクッ……イクイクイクイクッ……はぁあああああーっ！」

ビクンッ、ビクンッ、と腰を跳ねあげて、由希子はオルガスムスに駆けあがっていった。しっかりと肩を抱いていなければどこかへ飛んでいってしまいそうな勢いでのたうちまわり、順平の背中を思いきり掻き毟ってきた。

ミミズ腫れになりそうな強さだったが、痛くはなかった。その刺激がむしろ、男根をさらに、鋼鉄のように硬くしていく。

（たっ、たまらんっ……たまらないよっ……）

女がイッたあとは小休止が必要——そんな当然のベッドマナーも守れないほどの興奮に駆られた順平は、ずんずんっ、ずんずんっ、と突きあげつづけた。いきり勃った男根の先端でコリコリした子宮をこすりあげた。

「ダッ、ダメダメダメッ……順平くんっ……もうイッてるからっ……イッてるから動いちゃダメえええええーっ！」

由希子は叫んだが、彼女自身もまた、限界の向こう側にある禁断の快感を欲していることは明白だった。

一度イッたことで肉穴は強く男根を食い締め、奥へ奥へと引きずりこもうとしてきたし、なにより由希子は下から腰を使いつづけていた。心はともかく、体は間違いなくさらなる恍惚を求め、雄々しく送りこまれる順平のリズムを受けとめている。

「ああぁっ……ダメッ……ダメダメダメえええーっ！　ダメなのにイッちゃうっ！　またイッちゃうっ！」

限界まで眼を見開いて叫ぶ由希子の顔は、なにかに怯えているようだった。連続絶頂への期待と不安に全身を揺さぶられ、小刻みに首さえ振っているのに、そこから逃れようとはしない。

「イッ、イクッ！　イクイクイクイクッ……はぁあああーっ！　はぁああああああーっ！」

モンスターに出くわしたホラー映画のヒロインのようにカッと眼を見開き、由希子は恍惚の彼方へとゆき果てていった。体中の肉という肉を、ぶるぶるっ、ぶるぶるっ、と痙攣させ、眼を見開いていても瞳は焦点を失っている。やがて、その表情から恐怖はすっかり消え去って、身も蓋もないアヘ顔へと豹変していった。

第五章　刹那の契り

1

（あっ、まずい……）

と思ったときには手をすべらせ、順平は胸に抱えていた五〇〇ミリリットルのペットボトル七、八本を、次々に床に落とした。足の上に落ちなかったのはラッキーだったが、自分で自分が嫌になってくる。

ここはバイト先であるコンビニのバックヤード。順平は品薄になったドリンク類を、裏から補充する作業をしていた。溜息まじりに床に落ちたペットボトルを拾っていると、千鶴が静かに近づいてきた。

「どうしたの？　最近なんだか、心ここにあらずだけど？」

「……すいません」

順平は気まずげに頭をさげた。「心ここにあらず」と言ったのは、千鶴なりに言葉を選んだ結果だろう。以前なら、「まったく使えないわねえ、あなたなんてもう来なくていいわよ！」と怒鳴られていたところだ。

実際、この一週間くらいの順平はひどいものだった。品出し、発注、レジ打ち――なにをやっていても完全に集中力を失っていて、凡ミスばかりを繰り返している。

「ちょっとここんところ、民泊の仕事のほうが忙しくて、寝不足なんです。今後気をつけますから……」

「まあ、いいけど……」

千鶴はやれやれと言わんばかりの顔で、その場から立ち去っていった。

民泊の仕事が忙しいというのは嘘だった。予約は順調に埋まっているが、小さなマンションなので眠れないほど忙しくなるわけがない。むしろ、開業一年をすぎて仕事の要領もよくなり、掃除でもゴミ捨てでもシーツなどの洗濯でも、以前より手際よく片づけられている。

集中力を失っている理由は別にあった。

由希子である。

もはや町の権力者との不倫関係を知っていて黙っている共犯者とか、そういうレベルの話ではなくなっていた。

ポルチオセックス――あの日ふたりが経験したセックスには、そういう呼び名があるらしい。順平も小耳に挟んだことくらいはあったが、詳細は後から調べて知ることになった。それは由希子も同じで、あのときはそうと知らないまま、偶然にもポルチオセックスを行なってしまったということになる。

女の絶頂には三種類あるという。クリトリスでイクのが「外イキ」、Gスポットでイクのが「中イキ」、そして子宮＝ポルチオでイクのを「奥イキ」というらしいが、それもまた後から調べてわかったことだ。

「すっ、すごかった……」

セックスを終えても十分以上放心状態だった由希子は、汗まみれの顔や体をタオルで拭うこともできないまま言った。声すらも、オルガスムスの余韻で小刻みに震えていた。

「わたし、いったい何回イッたんだろう……」

順平も数えていなかったが、こちらが射精に達するまで、十回以上は確実にイッていた。そんなにイキまくる女を抱いたのは初めてだったが、何度でもイキまくり、なんならイキッぱなしになってしまうのが「奥イキ」の特徴らしい。続けてイケるうえに、一度の絶頂の爆発力も「外イキ」や「中イキ」を凌駕《りょうが》する。とはいえ、ポルチオセックスについてよくわかっていないふたりは、呆然自失となるしかなかった。

「俺だって、こんなにすごいセックスしたのは初めてですよ……」

ふーっ、と太い息を吐きだしてから、順平は言った。男が女をイカせようとするのは、女がイケば男も燃えるからだ。女をあられもなく乱れさせれば支配欲が満たされ、達成感が味わえる。由希子のように十回以上もイキまくってくれれば、性豪にでもなった気分になる。

(俺ってそんなセックスうまかったっけ?)

はっきり言って自信がなかった。謙遜でもなんでもなく、手マンやクンニのテクニックも普通だろうし、ペニスのサイズだって日本人の平均以上とは思えない。なのになぜ、由希子はあれほどイキまくったのだろう? 恋愛感情で底上げされたセックスならわからないでもないけれど、そんなこともないのに……。

考えられる可能性はひとつだけだった。「体の相性がいい」というやつである。巷《ちまた》では、そういう相手と巡り会うと離れることができないなどとよく言われているが、順平は鵜呑みにはできなかった。もちろん、多少はそういうこともあるかもしれないけれど、離れることができなくなるほど体の相性がいい女と巡り会ったことがなかったからだった。

しかし……。

由希子を抱いた翌日から、順平は朝から夜まで彼女のことばかり考えているようになった。三十四歳になっても清らかな裸身、両脚をM字にひろげて男根を迎え入れる姿、可愛い顔が無残に崩壊するアヘ顔——そういう光景が次から次に脳裏にフラッシュバックして、気がつけば勃起していた。掃除をしていようが洗濯物を干していようが、痛いくらいに勃起して、たまらず自室に駆けこんでオナニーをしなければならなかった。

しかし、オナニーをしていても思いだされるのは由希子の抱き心地であり、誂えた鞘のように男根がぴったり収まる肉穴のハメ心地だった。自力で射精したところで満たされることはなく、むしろ渇いた喉に甘ったるいジュースを流しこんだように、渇望感が増していくばかりだった。

千鶴を抱こうという気にも、まったくならなかった。もう下僕扱いされることがなくなったので許してやったわけではなく、これ以上盗撮動画で脅迫セックスをするのはよくないと良心が痛んだからでもなく、由希子以外の女にまったく興味がなくなってしまったからである。

とはいえ、由希子は人妻だった。いくら恋い焦がれたところで所詮は叶わぬ恋であるし、〈鷹宮地所〉の会長と不倫の関係を結んでいるとなれば、順平に男としての出番はない。口止めとして一度抱かせてもらった以上、由希子のことはすべて忘れるしかないのである。

（諦めるしかないよ、もう。憧れのマドンナを一度抱けたんだ、それで満足しろってことさ……）

できれば一週間くらい旅にでも出て、傷ついた心を癒やしたいものだが、民泊施設を経営していては、それも叶わない。予約は三カ月先まで入っているし、せっかく軌道に乗りはじめた商売を投げだすわけにはいかない。一泊くらいならともかく、管理人が一週間も不在では……。

電話が鳴った。

スマホの画面に発信者の名前はなく、番号だけが表示されている。ホームページで電話番号は公開してあるから、それを見てかけてきたのだろう。ただ、民泊はネット経由でないとエントリーできない仕組みになっているし、こちらが日本語以外しゃべれないことも明記してある。外国人からのメールは、翻訳ソフトを使うのが常だ。

それでも電話をかけてくる人間はたまにいる。たいていはネットに不慣れな日本人の年寄りである。無視しておいてもよかったのだが、順平はなんとなく電話に出た。気晴らしがしたかったのかもしれない。

「もしもし……」

「順平くん？」

返ってきたのは女の声だった。由希子の声だと一発でわかった。

「ユッ、ユッコ先輩ですか？　どうして……」

「民泊の予約をしたくて」

「じょっ、冗談でしょ？」

「ふふっ、冗談よ」

由希子は朗らかに笑ったが、順平は笑えなかった。セックスのあと、ＬＩＮＥのＩＤすら交換しなかったのに、まさか電話がかかってくるとは夢にも思っていなかった。

「どっ、どうしたんですか急に？　まさか忘れ物をしたとか？　なにもなかったはずですが……」

「違う……」

由希子の声が、不意にせつなげに震えた。

「会いたいのよ」

順平の心臓はキュンと縮んだ。

「あなたに会いたくて会いたくて、我慢できなくて電話しちゃった」

「そっ、そうですか……」

「あなたは違う？　わたしに会いたくない？」

順平はにわかに言葉を返せなかった。由希子に会いたくないわけがなかった。しかし、会ってしまえば抱いてしまうだろうし、抱いてしまえばまた会いたくなるに違いない。

それでいいのか？　ともうひとりの自分が言う。

不倫を咎めていたはずなのに、自分も不倫の沼に嵌まってしまって、筋が通るのだろうか？　会いたいから会い、セックスしたいからセックスするのは独身者の特権であり、由希子にこれ以上の罪を背負わせてしまっていいのだろうか？

2

数日後、順平は電車で一時間半ほどかけて、ある温泉郷に向かった。住んでいる土地柄、ちょっと足を延ばせば行ける温泉郷は少なくないのだが、中でもマイナーなところである。

「なんかすげえな……」

最寄りの駅からさらに二十分ほどバスに揺られて辿りついたのは、秘境の雰囲気すら漂っている山の麓《ふもと》だった。山頂付近は白く雪が積もっており、吐く息はもちろん盛大に白く、冷気が体の芯まで凍えさせた。

「まあ、温泉に入るんだから、寒いほうがいいだろうけど……」

順平がわざわざこんなところまでやってきたのは、温泉に浸《つ》かって感傷に浸るセンチメンタルジャーニーのためではなかった。

宿に着き、部屋に通されると、由希子が待っていた。

「あっ、どうも……待たせちゃいましたか？」

時刻は午後二時三十分。この宿のチェックインは二時からで、その時間に待ち合わせしていたから、三十分ほど遅刻してしまった。

「ううん、いまさっき来たところ……」

「バスがなかなか来てくれなくて……」

「わたし、バスを待つのが嫌だったから、タクシーに乗っちゃった」

ひどく気まずい雰囲気で、会話もたどたどしければ、お互い眼も合わせない。

部屋は畳敷きの和室だった。居間には掘りゴタツがあり、由希子はそれに足を入れていた。すでに上着は脱いでおり、淡いピンクのセーター姿だった。

順平もバッグを置き、ダウンジャケットを脱いで、ぬくぬくしたコタツの中に足を入れた。由希子の正面の席である。チラッと視線を交わしあっても、お互い言葉は出てこない。

現実感がなかった。

由希子から逢瀬の誘いを受けた順平は、悩みに悩んだ。由希子との関係が彼女の夫にバレれば深く傷つけることになるだろうし、もちろん慰謝料を請求されることは普通に考えられる。その一方で、由希子は鷹宮とも関係がある。町いちばんの権力者である彼の知るところになったりしたら、どんな災難が降りかかってくるのか想像すらつかない。

それでも応じることにしたのはやはり、由希子をもう一度抱きたかったたからだ。自分だけのものになってほしいとか、関係を続けたいなどと、贅沢を言うつもりはない。あと一度、もう一度だけ、彼女との激しいセックスに身を投じ、一生の思い出にしたいと思った。

とはいえ、問題は逢瀬の場所だった。あやまちを犯す前提で、民泊施設を使いたくなかった。狭い町だから誰に見られているかわからないし、同じ理由で隣町のラブホテルも却下——となると、遠方まで足を運ぶしかなかったのである。

この宿は順平がネットで探しあてた。温泉郷とはいえ三軒しか宿がなく、足湯や食事処などまわりに気が利いた観光施設もない。人があまりいなそうなところがよかった。そのわりには泉質は悪くないようで、なにより部屋に露天風呂がついていた。

(ユッコ先輩とふたりでしっぽり露天風呂か……)

予約したときには鼻の下を伸ばしていた順平だが、いざ現地で顔を合わせてみると、緊張してしまって部屋付き露天風呂の様子さえうかがえなかった。

「あったかいね……」

由希子がコタツに両手を入れて言った。

「外寒かったから、おコタに入ったらホッとしちゃった」

鼻に皺を寄せてニッと笑う。記憶にある笑い方だった。バスケ部の練習中、由希子はミスをしたりシュートをはずした部員に「ドンマイ！」と声をかけると、かならずその笑顔を向けていた。

人よりミスが多かった順平も、よくそうやって励まされていた。男子部員の誰もが、その笑顔の虜《とりこ》だった。

とはいえ、いまこのシチュエーションには、似つかわしくない気がした。健やかで、清らかで、透明感すら漂っているその笑顔には、高校生男子をときめかせる威力はあっても、エロスがまったく感じられないからだ。

（こんなことで、セックスを始められるんだろうか……）

順平の不安は、けれどもすぐに払拭《ふっしょく》された。由希子が足を伸ばし、コタツの中でツンツンとこちらの膝をつついてきたからだ。

順平がハッとして顔を向けると、由希子は鼻に皺を寄せてニッと笑った。その笑顔はもう、健やかで清らかなだけではなく、淫靡さも感じさせた。早くセックスを始めましょう、という誘惑光線を放っていた。

（コタツに入ったのは、失敗だったかも……）

コタツになど入らなくても、部屋の中は暖房が効いて充分に暖かかった。コタツで向き合っていては、身を寄せることも肩を抱くこともできない。立ちあがって寝室に向かうには、なにかきっかけがいる。

（うーん、どうしたものか……）

いいアイデアが浮かばず、呻吟《しんぎん》している順平をよそに、由希子はコタツの中で、またツンツンと膝をつついてきた。由希子は澄ました顔をしているが、こみあげてくる笑いを抑えきれない様子である。

（なんだよ、楽しそうに……）

イラッとした順平は、爪先でツンツンと膝をつつき返した。由希子は待ってましたとばかりにその足を両脚で挟んできた。足が抜けなくなって戸惑っている順平を見て、クスクスと笑う。

（むうっ、そっちがその気なら……）

抜けないのなら押してやるとばかりに、順平は爪先を押しこんだ。両脚の間にあった爪先を動かすと、スカートをめくったような感触があった。さらに太腿の付け根にあたり、ドキンと心臓が跳ねあがる。

「あっ……んっ……」

由希子がせつなげに眉根を寄せた。爪先があたっているところはぐにぐにと柔らかく、股間であることは間違いなかった。

「すっ、すいませんっ……」

　順平はあわてて爪先を引っこめようとしたが、できなかった。由希子が両手で押さえてきたからである。

「あっ、いやっ……」

　戸惑うばかりの順平をよそに、

「不思議よね……」

　由希子は遠い眼をして問わず語りに話を始める。

「体の相性のいい人って、こんなことしてるだけでも感じるんだから……わたしもう、ジンジン疼いちゃってる……」

　ねっとりと潤んだ瞳で見つめられても、順平は動けなかった。部屋に入ったばかりなので靴下を履いているし、由希子にしても下着やストッキング、タイツなどを穿いているはずだった。にもかかわらず、たしかに爪先に妖しい熱気が伝わってくる。

「動かしてよ」

「えっ？」

「足の指、動かしてみて」

「……はあ」

順平はこわばった顔で、言われた通りに足の指を動かしてみた。下着越しに、ぐにぐにした柔らかい肉を刺激した。

愛撫にしては、ひどいやり方だった。足の指を使って女を気持ちよくしたいと思ったことが、順平には一度もなかった。

しかし、当の由希子はますます眉根を寄せていき、眼の下を生々しいピンク色に染めていく。それだけではなく、次第に体までよじりはじめた。

体の相性がいい人って——先ほどの由希子の言葉が耳底に蘇ってくる。彼女とそんな話をしたことはなかった。この前だって、事後はほとんど会話せず、LINEのIDさえ交換しなかったくらいだ。

しかし、同じことを思ってくれていたらしい。そのことがひどく嬉しくて、胸が熱くなってくる。順平にとって、由希子ほど体の相性がいい女はいなかった。セックスにおいて「体の相性がいい」という現象があるということ自体、彼女と体を重ねて初めて知った。

（ユッコ先輩……）

コタツで向き合っている由希子は一見、高校時代と変わらない。もちろん、大人の女にはなったけれど、清らかな雰囲気や透明感はそのままだ。

だが、順平は知っている。外見はそのままでも、中身はずいぶんと成長を遂げ、変化してしまったことを……。

口止めをするためにみずから誘惑してくる大胆なところもあれば、嘘か本当か、鷹宮の性技に夢中で別れられないとも口にした。三十四歳の彼女はいま、発情中と言っても過言でないくらい、性的な快楽を求めているのかもしれない。夫がいて、不倫までしているくせに、さらに別の男と恍惚を分かちあおうとしているのだから……。

それでいいのか？　と問いただしたかった。答えによっては、なにもせずにこの宿から帰る覚悟も決めていた。いったいどういうつもりで自分と二度目の逢瀬をしようと思ったのか？　言葉が喉元まで出かかっているが、由希子の顔は喜悦に蕩《とろ》けて紅潮していくばかりだし、順平もぐにぐにした柔らかな肉を足の指で刺激するのをやめられない。

「ねえ……」

由希子がハアハアと息をはずませながら見つめてきた。

「わたし、もう……欲しくなっちゃった……温泉は後まわしにして、先にエッチ、しない？」

視線と視線がぶつかりあい、からまりあう。欲しくなっているのは、順平も同じだった。抑えていた激情が、いまにも爆発しそうだった。

3

順平はコタツから出ると、由希子の手を取って立ちあがらせた。

奥の部屋には、すでに布団が敷かれていた。和風旅館にありがちな、やたらと分厚い布団がふたつ並んで……。

「あんっ……」

順平が抱きしめると、由希子は小さく声をもらした。上半身を淡いピンクのセーターで包んでいる彼女は、ベージュのロングスカートを穿いていた。その中で、足の指を使って股間を刺激していたと思うと、順平の顔は熱く燃えた。

「ぅんんっ……ぅんんっ……」

唇を重ねあえば、舌をからめあい、むさぼりあうようなディープキスへと移行していく。これが二度目のセックスなのに阿吽《あうん》の呼吸ができあがっていて、順平が舌をしゃぶりあげれば、由希子も舌をしゃぶり返してくる。

とはいえ、順平の意識は、キスよりも彼女の下半身に集中していた。先ほどまで足の指で刺激した場所がどうなっているのか、気になってしかたがない。

「ああんっ……」

順平はキスをとくと、由希子を布団の上に押し倒した。掛け布団をよけていなかったが、かまっていられなかった。

「先輩っ……ユッコ先輩っ……」

順平はうわごとのように言いながら、由希子の下半身にむしゃぶりついた。

「ああっ、ダメッ……」

スカート越しとは言え、いきなり股間に顔面を押しつけようとしたので、由希子は反射的に体を反転させた。うつ伏せの格好になると、順平の眼と鼻の先には彼女のヒップがきた。こちらも反射的に、淡いベージュのロングスカートをめくりあげた。

（おおおっ……）

純白シルクのパンティが尻をすっぽりと覆い隠し、その上からナチュラルカラーのパンティストッキングが穿かれていた。この前と似たようなコーディネイトだが、清らかな由希子に純白シルクのパンティはよく似合う。穢れのない白さに、つやつやと輝くシルクの光沢がまぶしすぎる。

たまらない光景だったが、のんびり眼福を楽しんでいる場合ではなかった。ふたりには時間がないのだ。由希子には夫がいるし、順平には民泊施設の仕事がある。宿の料金は一泊分支払うけれど、セックスをして夕食をとったら、タクシーを呼んでもらって早々に引きあげる予定だった。

となれば、焦ってしまうのもしようがない。順平は由希子の両膝を立てさせ、四つん這いの格好にした。

「いやっ！」

由希子は手で尻を隠そうとしたが、無駄な抵抗だ。順平はパンティとストッキングをずりさげた。乱暴なやり方だったが、今日のところは許してほしい。

「むううっ……」

突きだされた生身のヒップを両手でつかみ、唸《うな》ってしまう。剝き卵のようにつるつるした触り心地も素敵だが、女が発情したときの匂いがほのかに漂ってくる。ぐいっと桃割れをひろげると、セピア色のアナルとアーモンドピンクの花びらが露わになり、匂いの濃さも倍増した。

（ぬっ、濡れてるっ……濡れてるぞっ……）

テラテラと妖しく光っているアーモンドピンクの花びらを見て、順平はごくりと生唾を呑みこんだ。そしてすかさず、舌を伸ばしていく。花びらと花びらの合わせ目を、ツツーッ、ツツーッ、と舐めあげていく。

「あああっ……はぁああっ……」

由希子は四つん這いの身をよじった。順平が舌先で花びらをめくっていくと、奥から大量の蜜があふれてきた。アーモンドピンクの花びらの間から恥ずかしげに顔をのぞかせた薄桃色の粘膜は、つやつやと濡れ光っていた。彼女が発情していることは間違いなかった。指を入れるまでもなく、奥まで濡れていることが確信できた。

（よーし……）

順平は膝立ちになり、ズボンとブリーフを膝までさげた。お互いにまだ服を着たままだし、ほんの少し女の花を舐めたくらいで挿入しようとするなんて、われながらがっついていると思った。

だが、それでいい。いまはこみあげてくる激情のままに、由希子とひとつになってしまいたい。

勃起しきった男根をつかみ、切っ先を桃割れの奥に忍びこませていく。濡れた花園に亀頭があたると、背筋にゾクッと興奮の震えが走った。

「いいですよね、もう入れちゃって……」

「そういうこといちいち聞かないでって言ったでしょ」

由希子は振り返らずに言った。不粋な順平は、前回も行為をする前に言質《げんち》をとろうとして、彼女に注意されたのだ。

「いきますよ……」

順平は大きく息を吸いこみ、腰を前に送りだした。ずぶっ、と亀頭を割れ目に埋めこむと、熱気が伝わってきた。そのまま一気に奥まで埋めこみ、ぶるっ、とひとつ身震いをする。

「あああっ……あああああっ……」

由希子も四つん這いの体を小刻みに震わせて、結合の衝撃を嚙みしめている。

順平がバックから挿入した理由はふたつあった。ひとつは相性の確認である。前回は正常位でひとつになり、性器のサイズや角度がぴったりと合っていることに驚かされた。それが後ろから入れるとどうなるのか、是が非でも知りたかったのである。

（前からとは違う結合感だけど、これはこれで……）

悪くないと思いながら、ゆっくりと抜き差しを開始した。正常位で刀と鞘のように形状が合っているなら、後ろから入れれば反対になる。反り具合が逆なのがかえって、快感の起爆剤になっているようだ。

「むううっ……むううっ……」

まずはゆっくり、といくら自分に言い聞かせても、順平の腰使いはみるみる熱を帯びていった。気がつけば、パンパンッ、パンパンッ、と由希子の尻を打ち鳴らし、連打を放っていた。

「あぁああっ……はぁああっ……はぁうううううーっ！」

由希子のあえぎ声も、一足飛《いっそくと》びに甲高くなっていく。顔が見えなくても、この男根が欲しかったのだ、という心の声が聞こえてくるようだ。

（いいお尻だな、ユッコ先輩っ……）

由希子のヒップは大きすぎず、小さすぎず、女らしい丸みを帯びて、ゴム鞠《まり》のような弾力がある。パンパンッ、パンパンッ、と音を鳴らして突きあげるほどに、エネルギーがこみあげてくる。このまま射精まで一気呵成《いっきかせい》に突っ走ったら、どれだけ気持ちがいいだろうと思ったが……。

バックから挿入した理由のもうひとつを試す番だった。

「せっ、先輩っ……」

由希子に声をかけ、立てていた両膝を倒して、うつ伏せになってもらった。順平は男根は深く挿入したまま、彼女の背中に体を覆い被せていく。いわゆる「潰《つぶ》しバック」の体勢になって、昂《たか》ぶった呼吸を整える。

それはいままで経験したことがない体位だった。ＡＶを観ていても、この体位になると早送りにしてしまうほど、関心もなかった。

だが、この体位には他の体位にはない利点があるらしいのだ。由希子のイキッぷりが尋常ではなかったので、どこに秘密が隠されているのかと思い、順平は由希子と体を重ねたあと、ネットでいろいろと調べてみたのだ。

すると、お互い知らず識《し》らずのうち、ポルチオセックスをしていたということのようだった。「外イキ」でも「中イキ」でもない「奥イキ」――それは女の気持ちよさを限界まで高め、なおかつ連続でイカせることができる奥義のようなものらしい。

そして……。

ポルチオセックスにいちばん向いている体位が、潰しバックなのだという。そうであるなら、試してみずにはいられないではないか。うつ伏せになっている由希子に覆い被さった順平は、両脚で彼女のヒップを挟みこむような体勢になり、バランスを保つ。

「くぅうううっ……」

勃起しきった男根を深いところまで押しこんでいくと、由希子はうめいた。さらに深く入っていき、コリコリした子宮に亀頭がこすれると、

「あううううーっ！」

と甲高い悲鳴をあげる。

「あっ、あたってるっ！　あたってるよ、順平くんっ！」

「気持ちいいですか？」

「いいっ！　気持ちいいっ！」

「むううっ……」

大きく息を吸いこんだ順平は、あたっているのではなくあてているのだ、と言ってやりたかった。前回は偶然にもあたってしまったが、今回は狙いを定めている。いちばん子宮を刺激しやすい体位で……。

潰しバックでポルチオを刺激する場合、激しいピストン運動の必要はないよう

だった。男根を出したり入れたりするのではなく、亀頭で子宮をぐりぐりとこすってやるのがコツらしい。

「あぐっ！　あぐぐっ……」

由希子が放つ声音《こわね》が変わった。順平が覆い被さっている体も、釣りあげられたばかりの魚のようにビクビクと跳ねはじめる。

「ダッ、ダメよっ、順平くんっ！　そんなのダメッ……そんなことしたらすぐイッちゃうっ！　すぐイッちゃうからあああーっ！」

「イッていいですよ」

してやったり、と順平はニンマリ笑いたい気分だった。しかし、そんな余裕がなかった。由希子があまりにも暴れるので、押さえているのが大変だったし、押さえながら子宮をぐりぐりこすらなければならなかったからだ。

「ああっ、イクッ！　イクイクイクイクイクーッ！」

由希子が手足までジタバタさせはじめたので、順平は彼女の両手をつかんだ。そうしつつも、ぐりっ、ぐりっ、と最奥を突いて、子宮を亀頭でこすりあげるのをやめなかった。

「イッ、イッたからっ！　もうイッたからあああーーーっ！」

由希子が痛切な声で叫んだので、順平はいったん、腰を動かすのをやめた。けれども、男根は限界まで深く埋めこんだままだった。コリコリした子宮に亀頭が触れている状態だ。

「あああああーっ！　はぁあああああーっ！　ダメえええええーっ！」

由希子が激しく身をよじる。

「ダメダメダメッ……イッ、イッちゃうっ！　またイッちゃうっ！　続けてイククウウウーッ！」

ビクビクと全身を跳ねさせて、続けざまに絶頂に駆けあがっていく。表情を見なくても、由希子が我を忘れて快楽の海に溺れているのがはっきりわかる。

（こんなことしたら、どうだ？）

順平は上体を起こすと、由希子の双肩《そうけん》をつかみ、彼女の上体を反らせた。潰しバックで女の上体を反らせると、感度があがるらしいが……。

「はっ、はぁうううううーっ！」

由希子は髪を振り乱して叫び声をあげると、掛け布団を両手でつかみ、尻を揺すりだした。

「ダッ、ダメだからっ……こんなのダメッ！　ねえ、順平くんっ！　ダメになっちゃうううう一っ！」

言いつつも、由希子は尻を振るのをやめなかった。必然的に、子宮と亀頭はこすりあわされる。それまでじっとしていた順平も、ぐりっ、ぐりっ、と再び子宮をこすりあげてやる。

「はっ、はぁおおおおおおおおー っ！　はぁおおおおおおおおー っ！　はぁおおおおおおーっ！」

獣じみた悲鳴をあげて、由希子は絶頂に達した。これで三度続けてだった。思ったた以上のイキッぷりに、順平も激しく興奮した。

とはいえ、まだ射精までは余裕があった。ポルチオセックスは女をイカせるのに都合がいいやり方らしい。それによって男も支配欲を満たしたり、達成感を味わったりはできるものの、射精に至るのは難しいようだった。

男がフィニッシュに至るにはやはり、男根を抜き差しするピストン運動が必要なのだろう。

順平はいったん男根を抜いて小休止することにした。ろくな愛撫もないまま始めたのに、由希子は三度も立てつづけに絶頂に達し、失神したようにぐったりしてしまったからである。

4

由希子が布団の上でうつ伏せに倒れたまま動かなくなってしまったので、順平は彼女のスカートを直してやってから、あらためて部屋の中を見てまわることにした。

男根はまだ硬さを保ったまま反り返っていたが、いったんブリーフとズボンを穿き直す。今日中に地元に戻らなければならないとはいえ、まだ陽は高いところにあった。先ほどまではやたらと気持ちが急《せ》いていたが、そんなに焦る必要もないと思い直す。

居間の障子を開けるとガラス戸があり、ガラス戸の向こうが庭になっていた。竹垣があり、その向こうに湯気が立ちのぼっているのが見える。これがこの部屋の目玉である、部屋付き露天風呂らしい。

服を着たまま様子を見にいこうとすると、

「……んっ？」

背後に気配を感じて、振り返った。由希子が拗《す》ねた表情で立っていた。

「ひとりにしないで」

唇を尖らせて言ったが、まだ呼吸は完全に整っていなかった。

「お風呂に入るなら、わたしも一緒に入るから……だってそうでしょ？　せっかく一緒に旅行に来たのに、ひとりで露天風呂に入るなんて、そんなのあり得ないと思いますけど……」

「いや、その……すみません……」

順平は苦笑まじりに頭をかいた。

「でも、ほら……先輩、ぐったりしてたから……少し休んだほうがいいかなって……思って……」

言っている途中で、由希子は淡いピンクのセーターを脱ぎはじめた。インナーのキャミソール、白いブラジャー、ロングスカートと脱ぎ捨てていき、あっという間に全裸になってしまう。

「お先に失礼」

ツンと澄ました顔で言い、露天風呂のある外に出ていったので、順平もあわてて服を脱いで追いかけた。

（こりゃ立派だな……）

竹垣に隠れていた露天風呂は、予想以上に大きかった。大人がゆうに五、六人は入れそうで、濡れた岩に囲まれた佇《たたず》まいは情緒満点。渓流沿いにある宿なので、川のせせらぎまで聞こえてくる。

　マイナーな温泉郷とはいえ、これだけいい雰囲気の部屋付き露天風呂があるなら充分に魅力的だったが、呑気に宿の採点をしている場合ではなかった。

　由希子が片膝を立ててしゃがみこみ、掛け湯を始めたからである。

　雪のように白い素肌が温泉の湯で濡れていく様子は、まさしく水もしたたるいい女の風情であり、順平の股間は熱くなった。女が風呂に入る場合、髪を濡らさないようにアップにまとめたり、タオルを巻いたりするものだろうが、由希子の場合はショートボブなのでそのままだ。

「……ああ、いいお湯」

　露天風呂に浸かった由希子は、眼をつぶって大きく息を吐いた。

「温泉なんて久しぶりだな。いつ以来だろう？」

「けっこう近いんですけどね。クルマだったら二時間かからないでしょう？」

　言いながら、順平も掛け湯をして露天風呂に浸かった。腰にタオルを巻いていたが、由希子が全裸なので思いきってはずしてからお湯に入った。女と違い、こちらは勃起しているのが丸わかりだから恥ずかしいが、いまさらそんなことを言ってもしかたがない。

（さすがにいいお湯だな……）

ネットなどの情報で、泉質がいいことはあらかじめわかっていたが、ぬるめで柔らかいお湯の感触がたまらなかった。じっくりと浸かれば日々の疲れもとれ、肌だってつるつるになるに違いない。

「ねえ……」

由希子が横眼で睨んできた。

「なんでそんな離れたところにいるのよ？」

「えっ？　ああ……」

順平は由希子から一メートルほど距離のあるところにいた。広々とした風呂を満喫するつもりだったからだ。

「せっかく一緒に入っているんだから、もっと側に来なさいよ」

由希子が咎めるように言ったので、

「そっ、そうですね……」

順平はこわばった笑みを浮かべながら場所を移動し、由希子と肩を並べた。透明なお湯なので、乳房の先端で清らかなピンク色に輝いている乳首や、股間で揺れる黒い草むらが、どうしたって見えてしまう。

「いっ、意外だな……」

眼のやり場に困ったので、順平は軽口を叩いてしまった。

「ユッコ先輩、けっこう堂々としてるんですね？　もっと恥ずかしがり屋だと思ってましたよ。男と風呂に入っても、胸や股間を隠すタイプというか……」

「恥ずかしいわよ」

また睨まれた。

「男の人とお風呂に入って、恥ずかしくない女なんているわけないでしょ」

「じゃあ、なんで……」

「順平くんと、裸の付き合いがしたいからでしょ」

意味がわからなかった。

「わたし、決めたの。順平くんには隠し事なしで、素直でいようって」

「そっ、そうですか……」

順平は戸惑うばかりだった。言葉とは裏腹に、由希子がなんとなく怒っている雰囲気だったからである。

「わたしがいままでエッチした男の人の数、知りたい？」

「ええっ？」

べつに知りたくなかったが、そう言い放てる勇気はなかった。

「ユッコ先輩モテるから、けっこう遊んでいたとか？」

冗談めかして言ったものの、

「五人よ」

由希子は真顔で返してきた。

「多いかしら？」

順平はにわかに言葉を返せなかった。夫と鷹宮と自分で三人——つまり、結婚前の経験人数はふたりということになる。多いどころか、かなり少ない部類に入るのではないだろうか？

「でもね、その五人の中でも、順平くんとするエッチがいちばん気持ちいい。もうレベルが違うって感じ」

「……そうですか」

踊りだしたいくらい嬉しかったが、それを顔に出すのは下品だろう。

「わたしももう子供じゃないから、エッチが気持ちいい男がいちばん相性がいい男、赤い糸で結ばれてた人なんじゃないかって、そんなふうに思っちゃうんだけど……」

「はあ……」

「なんなの、その生返事。じゃあもうはっきり言うけど、わたし、順平くんのこと、好きになっちゃったみたい」

さすがに由希子は、ひどく恥ずかしそうに言った。

「順平くんは？」

「いや、その……そんなこと言ったって、ユッコ先輩、人妻じゃないですか」

順平は苦りきった顔で返した。人妻のうえに、不倫関係の男までいる。

「そうよね……」

由希子は哀しげにひとつ溜息をついた。

「親戚の人に仲人をやってもらったから、夫とはたぶん別れられない。そうなると、夫の出世のために鷹宮会長の愛人も続けなくちゃならない……いちばん大好きなのは順平くんなのに……」

順平は話題を変えたかった。由希子がそこまで想ってくれていることに対しては、感動に目頭が熱くなりそうだった。しかし、自分程度の甲斐性では、由希子を略奪することなどできやしない。それが現実なのだ。

「でもね……でも……」

　由希子は涙声になって言った。

「わたしはこれから、誰に抱かれても順平くんに抱かれてると思うことにする。それは許して……」

　許すも許さないも、人の心の中は当人以外に立ち入ることができない。できないことを、わざわざ宣言してくる由希子の気持ちがせつない。

「あとね……もうひとつだけ、お願いをきいて」

　お湯の中でぎゅっと手を握られ、順平はビクンッとした。

「なっ、なんですか？　俺にできることなら……」

　恐るおそる訊ねると、

「わたしもうすぐ、鷹宮にアナルセックスされちゃうの。アナルヴァージンを奪われちゃうの……」

　想像をはるかに超えた爆弾発言が飛びだした。

「そのために、三カ月くらい前からアナル拡張の調教をされてて……」

「やめてくださいっ！」

　順平はたまらず両耳を塞ぎ、叫ぶように言った。アナルセックスだの、アナル拡張だの、由希子の口から聞きたくない言葉だった。
たしかに、盗撮したときの様子を思い返せば、鷹宮にそういう思惑があっても
おかしくなかった。アナルプラグを使っていたのはアナル拡張のためであり、最
終目的はアナルセックス——そう言われればそうなのかもしれないが、あのガマ
ガエルのような醜男に禁断の排泄器官まで犯される由希子を想像すると、絶望的
な気分になってくる。
「聞いて……」
由希子が耳を塞いでいる順平の手をおろさせた。涙眼で見つめられながらだっ
たので、順平は抵抗できなかった。
「いくら夫の出世のためとはいえ……わたし自身もＳＭプレイが癖になっちゃっ
たとはいえ……お尻まで犯されるのはあんまりよね？」
「……そうだと思います」
「だから……」
由希子は順平の手を両手で握りしめながら、すがるように言った。
「わたしのアナルヴァージン、順平くんが奪って……会長に奪われる前に、いち
ばん大好きな順平くんが……」

「ううっ……」

順平は唸った。唸ることしかできなかった。かつての学園のマドンナとおぞましいアナルセックスが、頭の中でどうしても結びつかなかった。自分が彼女のアナルヴァージンを奪うということについても、現実感がまるでもてない。

（勘弁してくれよ……）

順平は泣きそうな顔になったが、こちらを見ている由希子もまた、そうだった。

5

いくらぬるめのお湯とはいえ、長々と浸かっていれば汗が噴きだしてくる。由希子の顔には、大粒の汗がびっしりと浮かんでいた。順平の顔も、おそらく似たようなものだろう。

「ねえ、お願い、順平くん……」

由希子が涙眼ですがりついてきた。

「わたしがいくら順平くんを好きになっても、わたしとあなたは結ばれない。現実的にそれは無理なの……だからせめて……せめてアナルヴァージンをもらってちょうだい……」

「そっ、そんなこと言われても……」

順平は由希子を抱きとめながら、困惑を隠しきれなかった。

「俺、アナルセックスなんかしたことないし……」

もっと言えば、したいと思ったこともない。そういうプレイに興じる人の気持ちが、小指の先ほども理解できない。

勃起しきった男根を入れるところなら他にあるし、ましてや順平と由希子は刀と鞘のように性器のサイズや角度がぴったりなのである。あえて肛門性交をする意味なんてあるわけがない。

「どうしても、ダメ？」

由希子に上眼遣いで見つめられ、順平の心臓は跳ねあがった。高校時代から、彼女の上眼遣いは暴力的に可愛かった。三十四歳の人妻になってもそれは衰えることなく、見つめられたら最後、言いなりになるしかないという超弩級《ちょうどきゅう》の破壊力を秘めている。

（ダメだ、ダメだっ……）

順平は必死に自分を鼓舞した。アナルヴァージンを奪うというような重大事項を、一時の感情で安請け合いしてしまってはならない。はっきり言って、そんなことはしたくないのだ。今日はタイムリミットまで由希子のことを抱きまくってやるつもりだが、それは普通のやり方での話である。

順平が押し黙ったままでいると、

「そう……ダメならしょうがないけど……」

由希子はようやく諦めてくれたようだった。しかし、その哀しげな表情が順平の胸を揺さぶる。

「でも、嬉しかったですよ……」

順平は由希子を抱き寄せ、唇を重ねた。舌と舌をねっとりとからめあってから、真剣な面持ちで見つめる。

「好きって言われて、嬉しかったです……俺だってユッコ先輩が……ユッコ先輩くらい気持ちがいいセックスできる相手は知らないですし……高校時代から憧れていた人だし……」

言いながら、チュッ、チュッ、と断続的にキスをする。東京でバーテンダーをしていたとき、一夜限りの相手やセフレはいても、恋人まではできなかった。こんなふうにふたりきりでしっぽり温泉に浸かりながら、甘いキスを交わしたのなんて初めてだった。

いつまでもこうしていたかったが……。

さすがにのぼせてしまいそうで、温泉に浸かっているのは限界だった。外気は凍《こご》えるほど冷たいはずなのに、それすらも感じられないくらい全身がカッカと火照《ほて》っており、顔に流れる汗はもはや滝のようである。

「そろそろあがりましょうか」

順平は顔の汗を拭いながらささやいた。

「このままじゃ、ふたりとも茹でダコになっちゃいますよ」

苦笑まじりに言ってから、立ちあがった。至近距離にいたので、勃起しきった男根が、由希子の眼と鼻の先にきた。恥ずかしさを誤魔化すために、由希子の腕を取って立ちあがらせようとしたが、彼女はそれを拒んだ。

「ぅんあっ……」

順平の腰にしがみついてくるや、男根の切っ先を頬張ってきたのである。

「むうぅっ！」

順平は思わず腰を反らせた。アナルセックスの話などされたので、心がちょっぴり冷えてしまったけれど、体はまだ興奮状態を保ったままだった。由希子のことをポルチオセックスで三連続の絶頂に追いこんだのに、自分はまだ射精に至っていないのだからそれも当然だった。

「ぅんっ……ぅんんっ……」

はずむ鼻息も可憐に、由希子は男根をしゃぶりあげてきた。生温かい口内粘膜の感触が、男根の芯まで染みてくる。由希子は可愛い顔に似合わず、フェラがうまかった。唇の吸引力に緩急をつけ、舌も自在に動かしてくる。

だが、このときは、前回とはやり方が違った。それも発情の証左《しょうさ》なのか、由希子の口内には唾液が大量にあふれていた。口内粘膜と男根をぴったりと密着させず、隙間で唾液を動かすように、じゅるっ、と吸いしゃぶってきた。

「ぬっ、ぬおおおおおっ……」

順平の腰は限界まで反っていった。じゅるっ、じゅるるっ、と卑猥な音をたてて唇をスライドされると、お湯に浸かったままの両脚が、ガクガクと恥ずかしいほど震えてしまった。

しかも、下を見れば、由希子と眼が合う。男根を咥えた上眼遣いの彼女と、視線と視線がぶつかりあう。

（たっ、たまらんっ……たまらないよっ……）

順平は両脚どころか全身を小刻みに震わせて、フェラの愉悦《ゆえつ》を嚙みしめた。由希子の口の中で男根が芯から硬くなっていくのをはっきりと感じ、我慢汁さえ大量に漏らしていそうだった。

とはいえ、このまま仁王立ちフェラを満喫しているのもどうかと思った。胸までお湯に浸かっている由希子の顔は汗まみれで、のぼせる寸前なのは間違いなかった。

一方の順平は、膝から上を冷たい外気にさらしているので、少しは回復してきた。このあたりで攻守交代するのが、紳士的な態度というものだろう。

「ユッ、ユッコ先輩っ……」

順平は口唇から男根を抜くと、由希子の手を取って立ちあがらせた。一瞬、見とれてしまった。ふたつの胸のふくらみから下が、お湯に浸かりすぎて生々しいピンク色に染まっていて、エロティックすぎたからである。

「こっ、ここに座ってください……」

順平は興奮に声を上ずらせて、お湯に濡れた平たい岩に由希子を座らせた。今度は自分が胸までお湯に浸かり、彼女の両脚をM字に割りひろげていく。

「ああっ……」

女の花を冷たい外気にさらされ、由希子はせつなげに眉根を寄せた。いや、まだ陽が落ちていないから、明るい中で恥部をさらした羞《は》じらいが、そうさせたのかもしれない。

「むううっ……」

ぴったりと口を閉じているアーモンドピンクの花びらに、順平は唇を押しつけた。長々と温泉に浸かっていたせいで、くにゃくにゃした感触が温かかった。舌を差しだし、縦筋をツツーッと舐めあげると、

「あううっ……」

由希子は喉を突きだし、ピンク色に染まった身をよじらせた。ひどく感じているようだった。ツツーッ、ツツーッ、と縦筋を下から上に舐めあげるほどに、身をよじる動きは激しくなり、ガクガクと腰を震わせはじめた。

それもそのはず——彼女は先ほど、潰しバックのポルチオ責めで、三連続の絶頂に達しているのだ。余韻が体の中で燻《くすぶ》っていてもおかしくないし、ただでさえポルチオセックスは、何度でも続けてイケるやり方なのである。

「ああっ、いやっ……あああっ、いやあああっ……」

由希子はいよいよ大胆に腰を浮かし、もっと舐めてとばかりに股間を出張らせ

てきた。ぐりんっ、ぐりんっ、と腰をまわしては、順平の顔面に股間をこすりつけてくる。順平の鼻の頭に、みずからクリトリスをあててくる。

（エッ、エロいっ……エロすぎるだろっ……）

顔面騎乗位さえやってのける彼女であれば、驚くほどの反応ではないかもしれない。しかし、前回はこちらを誘惑していたのに対し、今回は純粋に肉欲に溺れている。生々しいピンク色に染まった裸身から放たれる、エロスのオーラが強烈すぎる。

一般的なセックスマナーで言えば、ここは肉穴に指を入れ、しつこくクンニを続けるところだろう。

しかし、順平は我慢できなくなってしまった。ざぶんっ、と音をたてて立ちあがると、勃起しきった男根を握りしめ、切っ先をアーモンドピンクの花にあてがった。

「えっ？　ええっ？」

由希子の顔には「こんなところで入れるの？」と書いてあった。だが、戸惑った表情をしていても欲情は隠しきれない。「こんなところでも入れてほしい！」というのが、彼女の嘘偽りない本音だろう。

「むううっ……」

順平は腰を前に送りだし、亀頭を割れ目にずぶっと埋めこんだ。お湯とは違うヌルヌルした粘液が、肉穴の中にたっぷりと溜まっていた。性器と性器を馴染ませるように小刻みに出し入れをしていると、亀頭からカリのくびれにかけて、発情の蜜でコーティングされていった。手応えを感じた順平は、息をとめてずぶずぶと由希子を貫いていく。

「あううう……んんんっ！」

結合の衝撃に声を放とうとした由希子は、あわてて自分の口を押さえた。露天風呂なので、声がどこまで届くかわからないからだ。同じ宿に泊まっている客や宿の従業員——べつに聞かれてもかまわないと順平は思ったが、由希子は口を押さえて必死に声をこらえている。

（いい眺めだ……）

あえぎ声を聞くことができないのは残念だが、必死に声をこらえている女の表情というのは男心を揺さぶるものだった。ましてやいまの由希子は可愛いだけではなく、濃厚な色香もまとっている。ピンク色に染まった素肌も、丸みを帯びた美乳も、湯に濡れた陰毛に至るまで、どこもかしこも眼福だらけだ。

「むううっ……むううっ……」

順平は鼻息を荒らげて腰を使った。一、二、三、四……五回ほどピストン運動を繰り返しては、男根を深く埋めこんで子宮をぐりぐりと刺激してやる。由希子の反応は、あきらかにポルチオのほうがいいが、焦らすようにまた、一、二、三、四……とピストン運動だ。

「あううっ……んんんっ！　んんんんんーっ！」

由希子は顔を真っ赤にして声をこらえている。だがそれも、そろそろ限界だろう。順平は悠然としたピッチで男根を抜き差しし、ぬんちゃっ、ぬんちゃっ、と粘りつくような音をたてた。さらにぐりぐりと子宮を刺激してやれば、由希子は乱れずにはいられない。

「ゆっ、許してっ……許して、順平くんっ！」

いまにも泣きだしそうな顔で哀願してきた。

「こっ、声がっ……声が出ちゃうっ……声が出ちゃうからっ……」

「大丈夫ですよ」

順平は興奮に険しい表情をしつつも、口許だけでニヤリと笑った。

「ユッコ先輩のあえぎ声、獣じみてるから……たとえ誰かに聞かれても、山の中で動物が交尾してると思われるだけですって……」

「そんなあっ……そんなあっ……」

由希子は紅潮しきった顔をくしゃくしゃにしたが、順平は腰の動きをとめなかった。だいたい、露天風呂付きの温泉宿に泊まるカップルなんて、セックス目当ての人間ばかりに決まっている。ちょっと声が聞こえたくらいで、目くじらをたてる者なんていないだろうし、文句を言われたら素直に謝ればいいだけの話だ。

「イキそうなんでしょ？　ユッコ先輩……」

ぐりっ、ぐりっ、と子宮をこすりあげてやると、

「ああっ、ダメッ……そこはダメッ……」

由希子はちぎれんばかりに首を振り、涙眼を向けてきた。

「おっ、奥はダメよっ……ダメだからっ……すぐイッちゃうからっ……あああああっ……はぁうううううーっ！」

もはや口を押さえていることもできず、両手を後ろについて浮かした腰をガクガクと揺らす。順平はその腰をがっちりとつかむと、怒濤の連打を開始した。ずんずんっ、ずんずんっ、と亀頭が子宮まで届く渾身のストロークで、由希子を追いつめていく。

「ああっ、いやっ……イッ、イッちゃうっ……わたし、イッちゃうっ……イクイクイクイクッ……はぁおおおおおおおーっ！」

可愛い顔に似合わない野太い声をあげて、由希子はオルガスムスに駆けあがっていった。その声は本当に獣の交尾を彷彿《ほうふつ》とさせ、庭の木々にとまっていた小鳥たちが、いっせいにバタバタと冬空に羽ばたいていった。

6

順平は由希子の体を支えながら部屋に戻った。お互いの体をタオルで拭ってから、掛け布団を払いのけ、糊の利いたシーツの上に並んで横たわる。

「……ふうっ」

順平は天井を見上げて大の字になり、太い息を吐きだした。またもや射精ができなかったが、べつに気にしていなかった。

最初から、露天風呂で挿入までしようとは思っていなかったし、挿入してしまったことがイレギュラーなのだ。まだ夕食まで時間はある。いくら声を出してもいい部屋の中で、じっくりとやり直せばいいだけである。

「ユッコ先輩……」

肩に触れようとすると、くるっと背中を向けられた。

「意地悪ね、順平くん……」

拗ねたような声で言われる。

「わたしばっかりイカせて……わたしもう、恥ずかしい！」

「すいません……」

謝りつつも、順平は悪いとは思っていなかった。好きな女を気持ちよくさせたいというのは、男の本能のようなものだろう。しかも順平は、彼女ほど体の相性がよく、思い通りにイカせることができる女と出会ったのは初めてなのだ。何度でも絶頂に導きたくなって当然ではないか。

「……好きよ」

由希子がこちらを向き、胸に顔を押しつけてきた。

「好きよ、順平くん……大好き……」

抱擁に応えた順平は、彼女の肌の熱気を感じた。温泉効果とオルガスムスで、いやらしいほど熱く火照っていた。

（好きよ、か……）

由希子の言葉を噛みしめれば、感極まってしまいそうだった。高校時代は洟《はな》もひっかけてもらえなかった学園のマドンナであり、三十四歳の人妻になったいまも可愛い由希子――そんな彼女に好意を示されるのは、涙が出そうなくらい嬉しかった。

しかし、彼女がなぜ自分を好きなのかを考えると、暗澹《あんたん》とした思いに駆られずにはいられないのもまた、事実だった。

順平と由希子は、付き合っているわけではない。告白をしたわけでもなければ、デートを重ねたわけでもなく、愛しあう男と女が交わすはずの会話も、ほとんどしていない。

しているのはセックスだけ――たとえそれが、いままでのセックス観を覆すほど衝撃的なものであったとしても、ただそれだけで、好きという言葉をためらいなく口にできるなんて……。

だがその一方で、どうしようもなく由希子を求めている自分もいる。

「ユッコ先輩……」

順平は抱擁に力をこめ、唇を重ねた。胸に湧きあがってくるこの感情はいったいなんだと思いながら、舌をからめあい、しゃぶりあう。

「おっ、俺もっ……俺も好きですっ……ユッコ先輩のことがっ……ユッコ先輩のことが大好きですっ……」

感情が言葉となり、口から勝手に出ていく。恋でもなければ愛でもない、未来に明るい希望などまるでもてなくても、自分はこの女が好きだと思った。いまこの瞬間は、世界中の誰よりも愛している……。

「ユッコ先輩っ……ユッコ先輩っ……」

うわごとのように言いながら、熱く火照った女体をまさぐる。丸みを帯びた美乳を揉み、清らかなピンク色の乳首を吸って、尻や太腿にも熱烈に手のひらを這わせていく。

愛する女にいまの自分ができることは――イキまくらせることしかないと思った。ふたりに未来がないのが現実なら、由希子のこの美しい裸身に自分の爪痕を残したかった。他の誰かとするよりも気持ちがいいセックスができれば、その願いは叶うと思いたかった。

「先輩、下を向いて……」

順平は由希子の体をうつ伏せに倒した。イキまくらせるなら、潰しバック以外の体位は考えられなかった。ポルチオセックスは女を絶頂に導きやすいが、射精にはあまり向いてない。それでもかまわなかった。たとえ今日、射精をしないまま帰路に就くことになろうとも、由希子を数えきれないほどのオルガスムスに導いてやりたい。

だが、うつ伏せになっている由希子のヒップにまたがり、挿入するためにぐいっと桃割れをひろげた瞬間だった。

セピア色のアナルが眼に飛びこんできた。色素沈着が少なく、可憐にすぼまった後ろの穴を、まじまじと見つめてしまった。

もし、本気で由希子の体に爪痕を残したいなら――おぞましい肛門性交をしてみるのも手かもしれないと思った。

アナル拡張の調教は受けていても、まだアナルヴァージンであると由希子は言っていた。そうであるなら、ガマガエルのような醜男にみすみす明け渡すのは馬鹿げている。

いや、順平はおそらく、嫉妬していたのだ。町いちばんの権力者として君臨し、なおかつ由希子のような美しい女を好き放題に調教している鷹宮を、出し抜いてやりたかった。肛門性交に対する印象は変わらないが、禁断の向こう側にある景色を見てみたい。

問題は……。

順平にアナルセックスの経験がないことだった。興味もなかったのでそれほど知識もないけれど、後ろの穴は基本的にセックスするための器官ではない。入れてはならないところに無理やり入れるのだから、すんなりと挿入できそうもないことは想像がつく。

「先輩っ……」

順平は左手で桃割れをひろげつつ、露わになっているアヌスを右手の人差し指でコチョコチョとくすぐった。

「美人っていうのは、こんなところまで綺麗なんですね……綺麗っていうか、可憐っていうか……」

「ちょっ、ちょっと、やめてっ……くすぐらないでっ……」

由希子がうつ伏せの体をひねってこちらを向く。

「だって先輩、アナルヴァージンを奪ってほしいんでしょ？」

「えっ……」

由希子はハッと息を呑み、眼を見開いた。

「うっ、奪ってくれるの？」

「先輩の可愛いお尻の穴を見てたら、急に気が変わりました。どうしたらいいですか？」

由希子はごくりと生唾を呑んでから言った。

「……わたしのバッグの中に、ローションが入ってるから、取ってくれる？」

指差された方向にあったトートバッグの中から、順平はローションのボトルを取ってきた。キャップの丸い化粧品のようなボトルに入っていたが、黒と紫のなんとも妖しいデザインである。

「そのローションを使って指でマッサージしてくれれば、入りやすくなると思う……」

由希子はひどく恥ずかしそうに言った。どこをマッサージするのかと言えば、お尻の穴なのである。禁断の排泄器官だ。

「本当は、ゴム手袋や指サックをしたほうがいいんだけど……」

「大丈夫ですよ」

順平は皆まで言うなとばかりに由希子を制した。

「ユッコ先輩の体に、汚いところなんてありませんから……」

ボトルから丸いキャップをはずし、右手の中指にローションを取った。ドクンッ、ドクンッ、と一秒ごとに高まっていく心臓の音を聞きながら、ローションでヌルヌルになった中指を可憐なすぼまりにそっと押しつける。

「いっ、入れますよっ……」

いままでの人生で感じたことのないほどの緊張に身をすくめながら、じりっ、と指を入れていった。

「うっくっ……」

由希子がうめいたので、

「大丈夫ですか？」

順平は焦った声をあげたが、

「大丈夫、そのまま入れて……」

由希子は覚悟を決めた声で返してきた。うつ伏せで顔が見えなくても、まなじりを決しているのが伝わってきた。

7

（いったい俺は、なにをやっているんだ……）

うつ伏せになっている由希子のアヌスをローションまみれの指でマッサージしながら、不意に現実感が揺らいだ。

アナルヴァージンを鷹宮に奪われる前に奪ってほしいというのは、由希子の悲願である。

順平はそれに応えようとしているわけだが、勃起しきった男根を挿入するためには、指でアヌスをマッサージしなければならない。由希子自身の願望とはいえ、高校時代にマドンナとまで崇めていた女の尻の穴に指を入れ、ぐにぐにとマッサージしているとおかしな気分になってくる。してはいけないことをしているという、異常な興奮がこみあげ、まるで夢の中にでもいるような錯覚に陥りそうだった。

それに……。

思った通り、肛門はすさまじい締まりだった。指一本でもぐいぐいと食い締めてくるこんなきついところに、本当に男根など入るのだろうか？

「ううう っ……ううううっ……」

すでに十分ほどアナルマッサージを受けている由希子は、うめき声をもらしている。正直言って、気持ちよさそうな声ではない。

（大丈夫なのかな？）

そもそも性愛器官ではないアヌスを刺激されて、彼女は快感を得られるのだろうか？　男がアヌスを刺激されて気持ちいいのは、前立腺があるからだという話を聞いたことがある。女に前立腺はない。順平の頭の中は、クエスチョンマークばかりに埋め尽くされていく。

「あっ、あのう……」

恐るおそる声をかけた。

「気持ちいいですか？」

「ううう……」

由希子が振り返って唇を嚙みしめる。

「なんだかよくわからない……不思議な感じ……」

「そっ、そうですか……」

やり方が違うのかもしれない、と思った順平は、指を埋めたままぐにぐに動かすのではなく、ゆっくりと抜き差ししてみた。

「ひっ！」

由希子が悲鳴をあげたので、凍りついたように固まってしまう。

「いっ、痛いですか？」

「そうじゃない……いまちょっと気持ちよかった……指を抜かれるとき……」

「なっ、なるほど……」

順平は俄然《がぜん》やる気になった。由希子がちょっとでも気持ちがいいと言うのなら、これは愛撫であり、愛撫であるならやり甲斐があるというものだ。

「ひぃっ……ひぃいいっ……」

指を抜いていくたびに、由希子は空気が抜けるような声をもらした。決して気持ちのよさそうな声ではなかったし、うつ伏せなので表情もうかがえないが、順平は手応えを感じていた。

由希子の腰が、もぞもぞと動きだしていたからである。

(いっ、いやらしいなユッコ先輩っ……お尻の穴をほじられて、腰を動かしちゃうなんて……)

順平は異様な興奮に駆られながら、指の出し入れと、アヌス拡張のためのマッサージを交互に行なった。湯上がりの体の火照りはもうなくなっていたけれど、額に興奮の汗が浮かびはじめる。

「ねっ、ねえ……」

由希子が顔を伏せたまま言った。

「もっ、もういいんじゃないかな……」

声音はひどく恥ずかしそうでも、ハアハアと息がはずんでいる。

「疲れちゃいましたか？」

「そうじゃなくて、オチンチン入れてもいいんじゃないかな……」

順平はごくりと生唾を呑みこむと、

「それじゃあ、いったん抜きます」

断りを入れてから指を抜いたにもかかわらず、抜く瞬間に由希子は「ひいっ！」と大きな悲鳴をあげた。声量が大きいだけではなく、いままでいちばん淫らなあえぎ声に近かった。

（抜くときが、気持ちいいんだな……）

順平は肝に銘じつつ、挿入の準備を整えた。前の穴ではなく後ろの穴——たとえ性愛器官でなくても、そこが穢れを知らない未踏《みとう》の処女地であると思うと、胸に迫るものがあった。そんな重大な役割を与えられた興奮に、体中の血液が沸騰していくようだ。

（ユッ、ユッコ先輩のっ……先輩の処女を奪えるんだっ……）

大きく息を吸いこみ、ゆっくりと吐きだしていく。男根の切っ先はすでに、可憐なすぼまりに密着している。後は入っていくだけだがハッと思い直し、念のため男根にもローションをたっぷりとかけた。

「いっ、いきますよ……」

ひと声かけ、腰を前に送りだす。簡単には入れそうもないことは、最初の動きで察知した。前の穴に入っていく要領では、亀頭が跳ね返されてしまう。

順平は左手で桃割れをひろげつつ、右手で男根の根元を強く握りしめた。潰しバックという女が逃げられない体位であることが幸いし、体重をかけて貫いていくと、ずぶっ、と亀頭を埋めこむことに成功する。

「あっ、あおおおおおーっ！」

由希子が唸るような声をあげた。処女地に侵入された女の叫びだった。一方の順平は、顔中から大量の脂汗を流していた。

（キッ、キツッ……キツすぎるだろっ……）

ローションのヌメりに乗じて、なんとか亀頭だけは埋めこんだものの、食い締めの強さにおののくしかなかった。前の穴とは段違いで、まるでカリのくびれに何重にも輪ゴムを巻きつけられているかのようだ。

だが、おののいてばかりいては、男がすたるというものだろう。

「むううっ……」

順平は下腹に力をこめ、男根をさらに中に押しこんだ。すると、意外なほどスムーズに根元まで埋めこむことができた。入口は尋常ではない締めつけでも、奥はぽっかりした空洞になっている感じがする。前の穴はもちろん、奥までびっしりと濡れた肉ひだが詰まっている。

（なっ、なんだこりゃあ……）

すべてが初体験なので、順平は戸惑うばかりだった。由希子は両手でシーツを握りしめ、さらに顔までシーツにこすりつけて、ひどく苦しそうだ。

「だっ、大丈夫ですか？　先輩……」

声をかけても、

「だっ……だい……じょ……ぶ……」

絞りだすような心許《こころもと》ない声が返ってくる。どうしたものか、順平は眼を泳がせて逡巡《しゅんじゅん》した。由希子は指が抜かれるときが気持ちがいいと言っていたが、動きだすのが怖かった。

肛門はそれほど耐性がある器官とは思えない。男根の根元をキツく締めつけられた状態で、無理に動けば怪我をさせてしまうかもしれない。前の穴でするようなピストン運動など、できる気がしないのが挿入してからの実感だった。

「むうっ……むううっ……」

ならば、と順平は、ピストン運動ではなく、ポルチオセックスをするときの要領で、腰を動かしてみた。男根を根元まで埋めたまま、奥をぐりぐりするやり方だ。

すると、亀頭になにかがあたった。前の穴に入れているときほど、コリコリした感触が伝わってくるわけではなかったが、そこに子宮がある気がした。

「はっ、はぁううううーっ！」

由希子が甲高い声をあげる。いままでのうめき声とはまるで違う、肉の悦びを謳歌する声だ。

「おっ、奥ううう一っ！　奥がいいっ！　気持ちいいいいーっ！」

後から調べてわかったことだが、アナルセックスの奥義は後ろから子宮を突くことらしい。体の相性が最高にいいふたりは、今回も知らず知らずのうちにそれを探りあててしまったようだった。もちろん、先立って由希子がポルチオセックスに開眼し、虜になっていたという要素もあるだろう。

ぐりっ、ぐりっ、ぐりっ、とポルチオを刺激すると、

「はぁうううーっ！　はぁううううーっ！　はぁおおおおおーっ！」

由希子はいまにもイッてしまいそうな勢いで、よがりによがった。順平も、いまにもイカせられる手応えを感じていたが、どういうわけかイキそうになると由希子は全身をこわばらせてそれを拒む。

「ユッ、ユッコ先輩っ……」

順平は後ろから声をかけた。

「どうしてイカないんですか？　イッていいですよ」

「だってっ……」

由希子の言葉が続かなかったので、順平は彼女の乱れた髪を直し、横顔をのぞきこんだ。

「やっ、やっぱり……恥ずかしい……お尻の穴でイクなんて……わたし……」

この期に及んでなにを言いだすのかと、順平は呆然とした。しかし、女が恥ずかしがっているなら、恥ずかしさを忘れるくらいの快感を与えてやるのが、男の甲斐性であるかもしれない。

（よーし……）

順平は覚悟を決め、由希子を後ろから抱えた状態でゴロンと転がった。お互いがうつ伏せになっている潰しバックから、お互いがあお向けの背面騎乗位へと体位を変えた。もちろん、男根は肛門に埋めこんだままだ。

ＡＶではよく見かける体位の変化だが、そんなアクロバティックな真似を自分ができるだなんて、いまのいままで順平は思っていなかった。だが、やらねばならないと覚悟を決めてやってみると、意外なほど簡単にできた。由希子に恥ずかしさを忘れるくらいの快感を与えるためには、これくらいのことはやってのけなければならないのだ。

「なっ、なにっ？　なんなのっ？」

想定外の体位の変化にうろたえきっている由希子の両脚を開いた。無防備になった股間に右手を伸ばし、クリトリスをねちねちと転がしはじめる。さらに左手では、乳首をつまんで指の間で押しつぶす。

「はっ、はぁうううううううーっ！」

由希子は順平の上で、総身《そうみ》を弓なりに反り返した。顎を突きだしてしたたかにのけぞると、順平の顔の横に彼女の顔がきた。汗まみれの頬と頬がこすれあい、気がつけばねちゃねちゃと音をたててキスしていた。

（すっ、すげえな俺、ＡＶ男優になったみたいじゃないか……）

男根でポルチオを刺激しつつ、クリトリスをいじりまわし、乳首もつまみあげてやる。

　女運に見放された淋しさをＡＶ鑑賞で埋めていたことが、ここへきて奇跡を呼んだらしい。知らず知らずのうちに、イメージトレーニングを行なっていたのだ。こんなアクロバティックな体位、やったこともなければやろうと思ったことすらないが、気がつけば女の急所三点を同時に責めていた。

「ああっ、いやあああっ……あああっ、いやああああーっ！」

　由希子はまだ、肛門性交で絶頂に達することに、恥ずかしさがあるようだった。しかし、アナル側からポルチオを刺激されるだけでなく、クリトリスや乳首までいじられているとなると、どんな聖女でも正気を保っていられない。人間であることを忘れ、獣のメスになるだけだ。

「いいんですよ、ユッコ先輩っ！　イッてもいいんですよっ！」

　順平はトドメとばかりに、右手の人差し指と中指を、前の穴に入れた。手首が痙《つ》りそうになるのを歯を食いしばってこらえ、肉穴の上壁にある凹みに指をひっかけた。ぐっ、ぐっ、ぐっ、とＧスポットを押しあげながら、親指ではクリトリスを押しつぶしてやる。

「はぁおおおおーっ！　はぁおおおおーっ！　はぁおおおおおおーっ！　はぁお

おおおおおーっ！」

女の性感帯という性感帯をしたたかに刺激された由希子は、宿の天井を吹き飛ばすような勢いで獣じみた悲鳴をあげた。背面からぴったりと体を密着させている順平には、彼女の体の痙攣が伝わってきた。体中の肉という肉が、いやらしいくらいに震えていて、順平の興奮もレッドゾーンを振りきっていく。

「ダッ、ダメッ……もうダメッ……」

由希子が切羽つまった声で言った。

「もっ、もうイクッ……もっ、もう我慢できないっ……わっ、わたし、イッちゃいますっ……由希子、お尻の穴でイッちゃいますぅぅーっ！」

ビクンッ、ビクンッ、と腰を跳ねあげて、由希子はオルガスムスに駆けあがっていった。

「あああああーっ！　はぁああああーっ！　はぁああああああーっ！」

ガクガクと腰を震わせながら、禁断の肛門性交の愉悦を嚙みしめる。

順平が横顔をうかがうと、由希子は滂沱《ぼうだ》の涙を流していた。歓喜の涙に違いなかった。少女のように手放しで泣きじゃくりながら、由希子は浅ましいほど肉の悦びをむさぼった。イキッぱなしになってしまったようで、体中の痙攣がとまる気配がいっこうに訪れない。

「むううっ……むうううっ……」

順平にも、いよいよ限界が訪れた。射精に達するには適していない体位だったが、それにしたって限度がある。

「でっ、出るっ……こっちも出ますっ……」

順平が叫ぶように言うと、

「ああっ、出してっ！」

由希子が泣きながらこちらを見た。

「いっぱい出してっ……由希子の中に、いっぱい出してええええーっ！」

「おおおうっ！」

順平は由希子を強く抱きしめると、

「でっ、出るっ！　もう出るっ！　おおおっ……うおおおおおーっ！」

雄叫びをあげて男の性を噴射した。男根の芯に灼熱が走り抜け、眼もくらむような快感が全身を打ちのめした。

後ろの穴は根元がキツキツなせいか、ドクンッ、ドクンッ、と精液を吐きだすテンポがいつもより速かった。たたみかける感じで射精を続け、もう終わりかと思っても、まだまだしつこく衝動がこみあげてくる。

「おおおっ……おおおおっ……」

順平は野太い声をもらしながら、長々と射精を続けた。体の芯まで響いてくる快感に身をよじりながら最後の一滴まで漏らしきると、すうっと意識を失っていった。

エピローグ

寒さの厳しかった冬が過ぎ、桜の季節がやってきた。

冬の間に耐え忍んでいた木々がいっせいに芽吹くように、冬から春にかけて順平の生活には大きな変化があった。

自身の民泊施設が海外のSNSで頻繁にとりあげられるようになったおかげで、連日満室の状況が続いており、その噂を聞きつけた隣の賃貸マンションのオーナーから、二号店を出してみないかという話をもちかけられたのだ。

順平が祖母からマンションを相続したときと同様、隣の賃貸マンションも住人のいない状態が長くつづき、かといってオーナーはかなりの高齢なので、ネットを駆使して世界中から客を呼ぶようなノウハウもなければ、それを学ぶ気力もないようだった。

せっかく予約を打診するメールが届いても、満室続きで断るしかない状況に胸を痛めていた順平は、その話に乗ってみることにした。管理する部屋数が一気に倍になってしまうけれど、コンビニのバイトをやめればなんとか対応できるだろうと思った。

「ええっ？　順平くん、バイトやめちゃうの？　淋しくなるわあ……」

千鶴はわざとらしく悲嘆してみせたけれど、心の中では高笑いをあげているに違いなかった。彼女はかつて順平の天敵だったが、いまや順平が彼女の天敵になっている。顔を合わせるたびに、いやらしい要求をされたらどうしようとびくびくしているし、

「これ、よかったら夕食に食べて」

と、以前はそれで濡れ衣を着せたくせに賞味期限切れの弁当を差しだしてきたりして、おべっかばかり使ってくる。順平がいなくなればせいせいするに違いなく、またバイトの若い男を誘惑しまくる毎日に戻ることになるだろう。

（なんだか、もうずいぶん昔の話みたいだな……）

盗撮カメラを使って千鶴の本性を暴き、弱味をつかんでセックスをさせてもらっていたなんて、いまとなっては夢のような感じがする。実際には三、四カ月しか経っていないのだが、三、四年、いや、もっと以前の出来事のように、現実感がない。

部屋に取りつけてあった盗撮カメラは、とっくに破棄していた。

由希子と行った温泉宿から帰ってくるなり、すぐにそうした。二度と盗撮する気はなかったので、細かく解体して燃えないゴミの日に捨ててしまった。

あの日——。

順平は由希子のアナルヴァージンを奪ってからも、彼女の体を求めた。由希子もまた、そうされたがっていたから、日が暮れてしまっても夕食をキャンセルしてお互いの体をむさぼりつづけた。

思いつく限りの体位に挑戦したし、ポルチオの快感に開眼していた由希子は、どんな体位でも数えきれないほどの絶頂に達した。信じられないことに、順平自身、五度も射精してしまった。思春期のオナニーでさえ経験したことがない新記録である。

「もうダメです……もう無理……」

精根尽き果てて布団の上に大の字になったのは、何時ごろだったろうか？　おそらく午後十時ごろだったと思うが、順平はそのまま眠りに落ちてしまった。窓から差しこんでくるまぶしい朝陽と鳥の鳴き声に起こされて眼を覚ますと、由希子はいなくなっていた。

「ええっ？　先輩っ？　ユッコ先輩……」

部屋付き露天風呂からトイレや脱衣所まで見てまわっても、由希子の姿は見あたらなかった。焦りまくってフロントに電話をすると、

「お連れ様は、ゆうべのうちにお帰りになられましたよ」

と同情の滲《にじ》んだ声で言われた。

「嘘だろ……」

順平は顔をくしゃくしゃに歪めて頭を掻き毟った。昨日、数えきれないほど恍惚を分かちあったふたりは、セックスとセックスの合間のピロートークも、燃え盛る炎のように情熱的だった。

「ねえ、先輩。俺もう、先輩を離したくないですよ……」

「わたしも順平くんと離れたくない」

「奪ってもいいですか？　ご主人と鷹宮から……」

「奪ってくれるの？」

「離れたくないんだから、奪うしかないじゃないですか」

「奪って……わたしを奪って、順平くん……」

「ユッコ先輩！　駆け落ちしましょう。もう駆け落ちしかないですよ！」

「うん！」

恍惚の余韻でハアハアと息をはずませながら交わしたそんな台詞《せりふ》が、耳底にこびりついて離れなかった。

だがしかし、由希子が最終的に選んだのは、順平との駆け落ちではなく、いまの生活を維持することだったわけである。

（ひどいよっ……ひどいじゃないか、ユッコ先輩っ……）

あまりの悲しさに気が遠くなりそうだったが、落ちついてよく考えてみれば、それも当然のことだろう。駆け落ちなんて現実性が一ミリもない夢物語であり、由希子はただ、のぼせあがった順平に調子を合わせてくれていただけなのだ。

「……んっ？」

コタツの上に、メモが一枚残されていた。

——ありがとう。ごめんね。

由希子からのラストメッセージだった。具体性がない短い言葉ふたつに、彼女の意志がはっきりと示されていた。もう二度と会わないという……。

順平は泣いた。

帰りのバスの中でも、電車の中でも、悲しみの涙がとまらなかったが、由希子の意志がはっきりしている以上、未練がましく彼女を追いかけまわすのだけはやめようと思った。

きっぱりと諦めがついたのは、おそらく精根尽き果てるまで彼女を抱きまくったせいだろう。五度目の射精を遂げ、眠りに落ちる寸前、「燃え尽きた」という実感がたしかにあった。「完全燃焼」と言ってもいい。ひと夜限りのこととはいえ、自分たちはたしかに愛しあっていたし、愛が燃え尽きるまでむさぼり抜くことができた。

そして、時間というものは、傷ついた心にやさしいものである。

(ユッコ先輩には、結局これで四回フラれたことになるな……)

日々の細々とした雑用に追われているうちに、そんな自虐の笑いももれるようになってきた。

恋人が欲しいな、と切実に思った。

由希子ほど体の相性がいい女とは二度と巡り会えないかもしれないけれど、愛する女とするセックスは、セフレやフーゾクでするそれとはまるで違った。身も心も蕩けるような、素晴らしい時間を共有できた。

そんな人生における真理に気づかせてもらっただけで、由希子にはいくら感謝してもし足りない。

——ありがとう。さようなら。

心の中で、そんなメモ書きを何度も書いた。いまでも毎日のように書きつけては、冴えざえとした月の浮かんだ春の夜空を見上げている。

※この作品は双葉文庫のために
書き下ろされたもので、完全
なフィクションです。

双葉社の官能文庫が
音声でも楽しめます。
〔全て聴くには会員
登録が必要です。〕
←

双葉文庫

く-12-70

今夜《こんや》も浮気妻《うわきづま》と……。

2024年11月16日　第1刷発行

【著者】
草凪優《くさなぎゆう》

【発行者】
箕浦克史
【発行所】
株式会社双葉社
〒162-8540 東京都新宿区東五軒町3番28号
［電話］03-5261-4818（営業部）　03-5261-4831（編集部）
www.futabasha.co.jp（双葉社の書籍・コミックが買えます）
【印刷所】
中央精版印刷株式会社
【製本所】
中央精版印刷株式会社

【フォーマット・デザイン】
日下潤一

ISBN978-4-575-52812-1 C0193
Printed in Japan